钱佳楠 作品

No Eggs for Him

不吃 · 鸡蛋 · 的人

中信出版集团 · 北京

图书在版编目（CIP）数据

不吃鸡蛋的人 / 钱佳楠著. --北京：中信出版社，2018.1（2018.9重印）
ISBN 978-7-5086-6561-0

Ⅰ. ①不… Ⅱ. ①钱… Ⅲ. ①长篇小说-中国-当代
②短篇小说-小说集-中国-当代 Ⅳ. ① I247

中国版本图书馆 CIP 数据核字（2017）第 262557 号

不吃鸡蛋的人

作　　者：钱佳楠
策划推广：中信出版社（China CITIC Press）
出版发行：中信出版集团股份有限公司
　　　　　（北京市朝阳区惠新东街甲 4 号富盛大厦 2 座　邮编　100029）
　　　　　（CITIC Publishing Group）
承 印 者：浙江新华数码印务有限公司

开　　本：130mm×185mm　1/32　　印　张：8.75　　字　数：128 千字
版　　次：2018 年 1 月第 1 版　　　　印　次：2018 年 9 月第 2 次印刷
广告经营许可证：京朝工商广字第 8087 号
书　　号：ISBN 978-7-5086-6561-0
定　　价：48.00 元

版权所有·侵权必究
凡购本社图书，如有缺页、倒页、脱页，由销售部门负责退换。
服务热线：400-600-8099
投稿邮箱：author@citicpub.com

目录

凡俗的人世，难解的关怀 / 韩松落　　001

一个女孩的身体历史与内心史 / 淡豹　　005

不吃鸡蛋的人（长篇）　　001

狗头熊　　179

乍浦路往事　　229

contents

凡俗的人世，难解的关怀

韩松落

曾经和朋友讨论过，在这个年代，该怎么写爱情小说，拍爱情电影？因为，爱情故事，本质上是克服障碍的故事，有障碍，有希望和绝望的交替，爱情故事才有了戏剧性，才能撑起一部小说和电影需要的时间空间。

克服障碍，就要从制造障碍开始，但现在，很多障碍似乎都不存在了，或者，不那么合理了。很久不打仗了，战争背景的爱情故事没法写了；很多病都能治好或者延缓进度了，绝症造成的生离死别没法写了；家族仇恨、种族、门第虽没消失，若作为爱情片的普遍障碍，已经欠缺一点说服力，交通和通信又过度发达，要想和一个人失散失联，难度越来越大。总之，外在的障碍，已经很难给爱情故事提供情节动力了。

但是，爱情就真的没有障碍了吗？或者说，人活着，就真的没有障碍了吗？

钱佳楠的小说，写的是障碍重重的生活，障碍重重的生活里，那些伸展不自如的欲望，畏畏缩缩的爱情，充满叹息的恩情，不够畅快的成功，不够彻底的失败，不够决绝的离别，不够坚定的未来。

人们是在生活，但却自觉自愿地克制着自己，克制自己的愿望，克制着自己的豁达，甘愿投身到恶毒的人言、辛酸的人际斗争中去，评判别人也接受评判，伤害别人也被伤害，在重重的障碍里，确定自己的位置，确定自己身处何世。应该有更好的生活吧，更热情，更有利于人性的丰沛，他们不知道，也没有能力知道，他们自划边界，自设藩篱，兢兢业业地活着，氧化着，剥蚀着，直到一切烟消云散。像古老的房子里，那些前人留下来的塑像，慈眉善目地笑着，几百年如一日地守着，但颜色已经掉了，表皮也破损了，渐渐看到里面的泥胚子和草芯子。

人们也有爱情，但却自觉自愿地克扣着自己，克扣自己的自信，克扣自己的释放，克扣自己的快感。就那么搁延着，隐藏着，随波逐流着，自我贬损着，隔三岔五去看一眼，看它落魄到什么地步了，直到这爱情最终落得和自己的贬损相配了，自己也就释怀了：啊，原来它果然是这样的，原来它当真这样经不起。

钱佳楠用她的故事给出了解释。或许，因为我们（或者小说里的他们），生活在新旧两个时代交替的时分，过去贫穷、黯败、斤斤计较，现在富裕、敞亮、恣意挥霍，过去的家庭，人们被生存所困，抢着活，夺着生，把互相压迫当作取暖，把互相伤害当作增加自己存在感的武器，不知道相处也有艺术，人和人之间有另外一种关系模式。他们都是被慢火灼伤的人。

骤然来到了新时代，他们发现，过去生活造就的自己，千疮百孔，伤痕累累，不能顺利地表达欲望，却必须要融入这光滑完美的世界，去表达欲望，舒展欲望，表达得仓皇失措，舒展得狰狞而扭曲。

以前不知道，伤痕还不成为伤痕，现在知道了，伤痕就成了伤痕。就像古代鬼故事里的人，成了鬼，不被人点破，还能凭着一口热望活着，一旦被人点破了，瞬间就化成灰烬。

他们也寄希望于别人，希望别人是新人，是没有伤痕的人，是"这个世界的人"，对爱有信心，甚至在女主角的画作里，她也给自己爱的人身前画上一个太阳，最后却不得不发现，别人也和自己一样，也没有信心，但"也只好算了"。

这也不是单单这个时代独有的故事，时代总是骤然断裂，骤然碰撞，旧人挣扎着变成新人，适应着新的装束，新的图景，新人又要面临时代变旧，自己被撇到时代边缘。于是有了挽歌，有了诗，有了画，有了钱佳楠的故事。

有了凡俗的人世里，一点点难解的关怀。

一个女孩的身体历史与内心史

淡 豹

1

"哦"是乖巧女孩子的不响。在《繁花》中,人物总是不响,絮絮对话构成的嘈杂生活之流中不时杂以沉默,人物面前有乱局,心里涌动或是不定,那是凡人走入文学性的时刻。而市民生活不容女孩子不响,父母等着年轻人有声地顺从,以及时的行动去响应父母的召唤与要求。市民生活是逼年轻女孩子要说话的。因此在钱佳楠《不吃鸡蛋的人》中,一个个女孩子在围坐着一圈长辈的饭桌上说着"哦",淡淡地,或是涨红了脸。而女主人公周允不时"暗想",想的不是自己的心事,而是对面前情境的评论。叙述中一再地出现"呵呵",那是周允在这部第三人称主观叙事的小说中一再给出画外音。

"小姑妈把被戏称为'金元宝'的蛋饺含在嘴里,吧唧吧唧地咬开,含着黄黄白白的蛋皮和肉馅,说周允要让她爸妈去喝西北风啰,呵呵。"

"她妈妈像赌博似的,今天选择伽马刀,明天又想动手术,她问她爸,伽马刀好吗?周允爸说好。第二天又问周允爸,动手术好吗?他也说好。呵呵。"

她看着亲戚的算计与惺惺作态,父母面对经济压力、攀比、母亲重疾时的焦灼和虚荣,直说出自己的评论似乎不体面,又太残忍,于是她发出一次次轻声冷笑,瞬间抽离出这些情境之外,意识到自己与他们多么不同,意识到自己多么想要、多么需要与他们不同。当周允像飞出自己的身体之外一般进入评论音轨模式,我们能清楚地看到这里正有一个活动的灵魂困在病室里面。

《不吃鸡蛋的人》是一个家族故事,也是一个女孩子的身体历史和内心史。它家族故事的部分试图重写《伊菲革涅亚在奥利斯》,一个父亲献祭女儿给神的故事。从古希腊三大悲剧诗人开始,无数西方作家以这段希腊史事为蓝本重新创作，寻找不同的重点，给人物布置下不同的结局或行为动力。最新近的可能是爱尔兰作家科尔姆·托宾以伊菲革涅亚的母亲为中心写作的小说《名门》，是一出注目于亲人之间仇恨与不安感的当代家庭戏剧。在希腊，伊菲革涅亚服从了父亲所代表的家族义务，而钱佳楠让女主人公代入伊菲革涅亚，想象她心中的委屈，追求自由的决心，弑母的不再是那软弱的儿子俄瑞斯忒斯，而是不再驯顺的伊菲革涅亚。不过，更核心的改写在于钱佳楠把经济动力引入了故事，让女主人公的家人受困于贫穷。这里的家族义务是"有出息"，过上好生活，在上海抵抗社会巨变中的下岗、不确定感、物价、女孩子容颜的脆弱易逝。折磨人物并令他们偶尔相互憎恨的不再是暴力、仇恨、愤怒、情欲，驱使他们做出最关键行动的不再是人类面对众神时那种期望得到认可的、顺从的、忠诚的虚荣心，而是社会阶层之间相互攀比着想要过上比他人更好的日子的虚荣心。这实在是个真真正正的上海故事，也是个真真正正的当代中国故事。

而女孩子的内心史，似乎可以说又是改写了《恋情的终结》，虽然格雷厄姆·格林这部小说在书中并未直接出现。当

母亲诊断出重疾，周允私自许下誓言，

> "神啊，我用今生今世的爱情来换我母亲的平安无事。
> 神啊，请你拿走我这一世的爱情，赐我母亲平安。
> 神啊，我母亲是为了我才得这种病，请可怜可怜我，拿走我的爱情吧。"

佛教传入让关于"孝"的中国叙事加入了报应论，常常出现这种祷祝，用食素换取原谅，以出家换取家人健康，等式像功过格册子一样画得决绝清晰。而当代独生子女市民家庭里，"拿走爱情"不再意味着出家，而是遵从父母心愿，嫁给自己不爱的人，嫁给体面、富裕的人，像简·奥斯丁所说的那样，嫁给一个储藏室。周允的愿望应验了，但她不肯服从祷祝所要求的互惠，爱上了别人——实际上她不认为这是祷祝，用书中的话说，那是一项"曾经与神做的交易"。交易，意味着可以违约，用其他形式的惩罚去替换原有的条件，交易更意味着双方平等，她不像《恋情的终结》的女主角那样在愿望实现后全心服从于神的权威，既是不得不放弃自己的爱人，又是心甘情愿地被神力说服。这种改写让周允的逻辑中有机会主义和实用主义，但也意味着自由。周允真正是个上海女孩子。

2

读过钱佳楠此前出版的短篇小说集《人只会老，不会死》后，一位友人说，"写困窘写得真好"。它是富有细节的生活场景，是人物心灵的焦灼，也是构成动机的要素。《不吃鸡蛋的人》中的上海市民家庭也被困窘所摄，周允的亲人并不是一些野心家式的人物，与其说这是一些想要富有、想要爬升的人，不如说这是一些想要逃离困窘的惊恐者，超出自己掌控的社会变迁磨损了他们，鞭子挥向女儿，带着爱的声响。

钱佳楠的语调温温润润，但书里的场景让人心惊。一边是眼里见到的强国梦，城市之光，成功癌，常春藤，一边是低保、素菜、老人难得吃一筷盐水鸭。这不是别的地方，是在上海。

出生于八十年代的青年小说家与随笔作家中，反倒是写城市市民社会的一些作家描写贫穷时，写得细致，有透骨凉意。而有乡村生长背景的作家常常倒即便是写幼年的贫穷和物资不足时也有极大的温情，穷并未带来"困"的感受。当然，这和后者有汪曾祺、废名这样可效仿的先人给出一套完整的、怀旧性的、正面的田园图景有关，让今天的作家可以将童年风物与家事放在二重怀旧的框架下去认识和描述。但更重要的恐怕在于，在城市中，环境几乎不提供抵抗贫苦的资源和动力。

日常生活在什么情况下能够抵抗贫苦？在未被全面商业化的情况下，在教育还能带来社会阶层流动的情况下，在小孩去读书，家里还能吃饱饭的情况下。在贫苦农村，家庭提供的爱的记忆也可能压过困窘感。而且，在村庄里总有咸鱼可吃，不至于只有素菜。而城市里的贫穷就是困窘，没有一块田，一条家门口的河。大城市是这样无情地密密麻麻，一切都要靠买，没有工作就没有收入，打开电视，走上街道就是金钱的表征。周允父母希望她嫁给有钱人赵丰嘉——你看，丰富嘉美，连人名都令人神往，名字搭配着西装，就像名牌皮包的品牌与包相搭配，名字在这里并不只是像乡间的"金锁""富裕"一样，表达着一种美好希冀，而是这充满表征的城市的代表，城市真正是一个物的世界，每个人都在市场上有其价值，每样商品都有一个价签和一个品牌。这里的贫困家庭是极少有那些乡村的贫困家庭还可能有的田园牧歌的爱的，完全卷入商品链条，样样都要去买，样样买不起。

于是会有隔离与恨意。就像周允告诉自己的爱人，"她的母亲就是这样，但凡听到有大生意，就说你去好了，不知道的还以为不是老妈，是老鸨呢。"

——当然，农村的这种"抵抗力"也是时代性的。九十年代之后成长起来的乡村贫苦少年，是打工一代的孩子，这是不同的一代了，家庭破裂，社会缺乏上升机会，乡村遭受污染和征地，家庭里都是吵闹，争土地，没有钱给老人医疗，什么都商业化了，买化肥和农药也要钱。

萧红也写过这样的城市中让人绝望的贫苦。在商市街就是全然的困窘，要花钱去租住房子的，要用钱去买黑面包和红肠的，末了只能数着日子掰面包。鲁迅也写，《伤逝》中困窘磨灭了伴侣情意，总是要"筹款子"，涓生失业后二人生活无着，末了到子君离家时只余盐和干辣椒、面粉、半株白菜和几十个铜板。当代的生于八十年代的年轻小说家中，张怡微、双雪涛笔下城市平民家庭也常常是窘迫的，即使家庭成员间有爱，不是憎恨、攀比、相互利用，也有种日常生活的无望感，超越性总是需要来自日常生活之外。

3

在《不吃鸡蛋的人》中，把人物从困窘中解救出来的，是商业社会认可了周允的才华。故事的命定论限于贫富、出生地点、家庭、疾病，人物将这些理解为无法左右的天意。让周允去求拜神明、祈祷用爱情换来母亲健康的，不是迷信，而是对天意的无可奈何——既然注定，她便进入"注定"的逻辑，信它，向神明跪下去。

小说中的上海是一个患上了成功癌的城市。没有成功就没有钱，就没有消费和安定。父母期望周允成功。她先是令他们失望，一路在考试中胜出，却没能进"五百强"，当上了中学教师，一个普通人。而她终究获得了成功——在小说中，周允凭借画画的才能赚到了钱，成为有名的青年画家。商业社会以随机的、无法预测也无法复制的方式奇异地认可了她，而她的才华也几乎是无由的，不来自教育或家庭或成长的赐予，偶然奇异地降临在她的手指。

如是，便似乎可以理解周允拿来与神明做交易的不是其他，而恰恰是自己的爱情。其他的都是别人的，都是命定的，但才华和爱情是我的——才华和爱情，小说中两种让人物自由的力量，两种只属于也只关于自我的力量。在这个意义上，《不吃鸡蛋的人》有一些浪漫小说的要素。拯救周允的是艺术世界对才能的发掘，虽然在商业世界中它不知道可以走多远；艺术的逻辑与爱的逻辑一起，与商业和资本主宰的职业生活和日常生活做着对抗。如果说这本书有缺点，就是它给了一个幻梦，使得它对商业化下市民社会的批判不够完整 她在这个商业逻辑里获得了成功，那成功不是反讽的，也不偶然，是一种才华的必然，美玉遇到了亮眼睛，这几乎成为对这种商业逻辑的肯定。以至于书在某种程度上仍旧服从商业逻辑,有对才华将在资本世界中闪光的笃信(即使是暂时的)。

但倘若说《不吃鸡蛋的人》在面对资本逻辑时低下了头,它在观察家庭逻辑时又毫不让步,彻底,无情,不抱任何希望。家庭的困窘意味着你必须爱他们,回馈他们,别无选择。他们为了你把辛苦变得更辛苦了,你只好把一生献祭给家庭,让他们富足并且快乐。而钱和认可是对这个家庭的休克疗法,生活宽裕后父母更加麻木,钱并不能让他们放松,进入另一套逻辑。

纳博科夫曾经评价契诃夫擅写一种典型的俄罗斯人,那是无能而不幸的理想主义者,往往陷在庸俗的有产者生活里——受过教育仅仅是种表象,那种生活就是庸俗的,即使俗气中有欢乐,孤独中有真诚的盼望。契诃夫写的往往便是这种泥塘中的盼望如何生出一些真切的情感,不是菲茨杰拉德式的自我毁灭(有产者认为更多的名气和财富是性感的,但并不乐于追求它),而是一瞬的心灵震颤,从嘴唇到灵魂都通电,点亮了契诃夫小说中"生活的鸽灰色调"。

而家庭是中国的生活泥塘。商业社会、上班族生活、婚姻日常对人精神的磨损，那都是后来的事了，首先是你的父亲和你的母亲。

"他们只是一对无聊的好人，老实本分的上海市井小民，做不出波澜壮阔的事来，但并不妨碍她在八年前把自己献祭给神，而今她作为神的女祭司，将要度过看似光鲜却暗淡无趣的漫漫人生？她绝不相信伊菲革涅亚是求仁而得仁，又何怨的。"

带着絮絮的淡淡忧愁，钱佳楠把希腊神话重新表述为一套中国家庭故事，在这种故事中，人不是需要服从神的喜怒恩宠，而是需要服从家庭的期望和需要。残忍的对比在于，神有怜悯心，是可以感动的（女神阿尔忒弥斯正赦免了伊菲革涅亚，令她不死，而是终身守贞）。而在中国家庭故事中，在中国的真实生活中，那抽象的"家庭"与它具体的诸多要求往往不可质疑，不可说服，不可感动，只有死亡能打破这个债务循环下的互惠逻辑，带来自由。这也正是周允在小说末了的盼望。

不吃鸡蛋的人

1

在被周允称作"家"的地方,她是无法安心入睡的。一俟夜晚,家里的那些地板和家什就像丛林里的夜行动物那样苏醒过来,地板在膨胀,咕噜咕噜,家什里有蠢蠢欲动的生灵,周允听见橱柜的门被它们细长的指爪推搡着,也听见它们的磨牙声和私语声,还有窗外的风,夜间的风尤其凶猛,把家里的木窗框摇晃得咯吱作响,几欲碎裂。

这个家是周允父亲这边的亲戚世代居住的,该说没有什么脏东西,她的父亲自小在这个家长大,死过人,他的奶奶,也就是周允的曾祖母死在这间屋子里,虽是得癌症,但也算寿终,享年八十七,咽气的时候子孙绕膝,而且都哭得很卖力,应该也没有不成体统的地方。当然,关于周允曾奶奶死在这间屋子里的事她父亲结婚的时候并没有告诉她母亲,要到她长大成人在那些无话可说的家族饭局里她母亲才第一次听闻,而且彼时她们已经买了中山北路共和新路的新居正在装修,所以她母亲也没有太过在乎。在爷爷把这间居室转给周允的父亲做婚房之前,这间屋子住过她父亲家所有的亲戚,包括曾奶奶、爷爷、奶奶、伯父、大姑姑、父亲和小姑姑,很难想象，一间不到二十平方米的一室户，能装下这么多人，据说爷爷在房间的中央拉了条布帘子，前面睡男人，后面睡女人，现在听起来十足是贫民窟的格局，但在当时，上海人几乎都是这么过来的，如今的滑稽戏还时常拿这一类往事开涮，说翻身的时候比较辛苦，头一个人翻身必须打一声招呼，然后"一、二、三"，大家一道翻，就像热锅子上的煎饺那样，周允的爸妈听了总会忍不住笑，他们说，真的，就是这样。

这些当年的孩子后来都托了媒人，娶亲的娶亲，嫁人的嫁人，顺利地产下后代，日子不算和睦但也都没有十足的勇气离婚，温水煮青蛙，就跟周允家一样。

很偶尔地，周允还会梦见一个被火烧的女人，坐在她家门口的走廊上，她的脸被团团的大火笼住，静静地坐着，火也不知是谁放的，她就那样坐着，宛若已丧失所有的痛感和知觉，周允看到她，也全无想要拯救她的善心，而只是好奇她究竟长什么样。周允走近她，炽热的感觉愈发强烈，空气因为烟雾的缭绕而显得氤氲，她的脸就像一张被风鼓起的画像，浮动着，一会儿是下巴变得异常的大，一会儿是眼睛显得异常的小而深凹，就像爱德华·蒙克画笔下的人物，扭曲的，怪异的，有些滑稽。当然，那个时候的周允还没有见过蒙克的画作，也没有感到特别恐惧，她不知道她是谁，但又觉得依稀熟悉，她走近她，想一睹她的面容，不料大火中蓦地伸出一截手来，没有肉的手，像兀鹫的利爪那样的手，抓向周允——周允醒了，刹那间从炽热跌入凛冽。

周允记得有一次惊醒后看到她就站在她的面前，她，那个被火烧的女人。周允侧躺在沙发床上，浑身的肌肉和寒毛都绷紧了，看着她，而她和周允保持着大约一米不到的距离，红彤彤的火苗舔舐着她的脸，一如在梦中，她也看着周允，但不靠近，不说话，她们就这样对视着，直到晨光如潮水般逐渐浸没周允眼前的地板、衣橱……周允才发现，在她面前的幻象不过是挂在衣橱门把手上的一条红领巾。

那一年周允还在念初三，她每天起床都会看到枕头上留有一大把头发，乌黑的头发，这种病症有一个很恐怖的名字，叫"鬼剃头"，令她想起这个被火烧的女人，梦里，她有一头秀美的黑发，可以拍洗发水广告的那种头发，好像永远也烧不烂，而现实中，大人都告诉周允，别给自己这么大的压力。

这句话唯独周允的母亲不说，她说好的高中等于半只脚踏进名牌大学，但为了遏制这种脱发的趋势，周末她会手捏两片生姜摩搓周允的头皮，周允很讨厌生姜的味道，总让她想起水产摊贩捞捕鱼虾的手，泛着辛辣的腥气，这气味刺激着她的鼻黏膜，也刺激着她的眼角膜。她母亲却说她听周允的姨妈讲的，这个土方子有效，让周允别乱动，她就只好闭上眼睛，想象自己再放上两把葱就可以塞进砂锅里小火慢炖，想必味道不错。但周允当然没敢这么说，她一直容忍着她的母亲，带有对于后者的同情和爱护。

与此同时，她的"老朋友"也有半年没来到访，母亲试过每天早晨逼她吃两颗枣子两颗桂圆，可迟迟不见起效。

最后鬼对给她剃头这件事终于失去了兴趣，在周允同意保送进明德以后，她的头发得以春风吹又生。保送明德这件事伤透了她母亲的心，那天她母亲穿着厂里的湛蓝色工作服大老远从纺织厂赶到周允的学校，把她接出来，很少有地请她去新亚大包吃点心。她母亲把菜单推给她，让她随便点，别客气，可周允不敢，知道母亲向来是节省的人，她母亲就帮她点，叫来服务员，一客小笼，两个叉烧包，还有一碗皮蛋瘦肉粥，都是周允顶爱吃的。周允知道她的意思，她想用这些食物打消周允的念头，要周允仍旧去考四校。周允只说明德也挺好，是市重点，她没有反驳，用筷子轻扣盛小笼的竹篮，叫周允吃。吃完这些，周允还是没有改变主意，她就攥着周允的手领周允去找班主任李老师，请她给她一些鼓励，劝她仍旧参加中考。没想到李老师并没有站在周允母亲这边，她指了指周允的头发，说保送对周允而言是件好事情，可以好好养身体，周允母亲听了，也特意再打量了一下周允的头发，周允知道那时候她的头发看起来的样子，她每天早上有照镜子，黑是黑的，可是很容易看到鸭黄色的头皮，就像稀疏的丛林裸露出贫瘠的土地，她母亲放弃了，她说，那就算了，明德就明德吧。

有一件事周允的母亲始终被蒙在鼓里，这个李老师的儿子也在念明德，她的儿子成绩一般，是出钱扩招进去的，可她当着外人绝口不说明德的坏话，因为在她眼中，她的儿子是天底下最优秀的，既然她儿子念了明德，那么明德也是天底下最优秀的高中。

周允记得做这个噩梦的当晚，她迟迟难以入眠，她听见大床上母亲和父亲在窃窃私语，在这个家，暗夜的一切声响都被放大了好多倍。她母亲对她父亲说，你讲讲看她呀，放着四校不考，偏要去明德，明德是民办的，多贵啊？这点点钞票是准备给她读大学的呀！

周允父亲说，到时候再说吧，如果实在不行，大不了让她自己贷款。

周允听完这些就把自己蒙进被窝里,生怕自己过于急促的鼻息会引起父母不必要的揣想。这么多年来,她一直厌恶她爸爸说话的口吻,他第一次下岗的时候,她母亲逼他出去找活干,他们天天吵,把饭碗敲得震天响,她爸吵到末了总会说,有什么关系,大不了每天到他爸妈那边去吃,又不会饿死。

周允母亲就被他这句话气着,说他这种男人怎么这副德性。她爸不懂她妈在气什么,他埋怨说女人只会一门心思要钱。

她爸,他一辈子都不明白,她们只不过指望他能说一句:大不了他去挣钱。可惜他胆子太小,连说都不敢说,怕说出来要担责。

第二天早上,她一醒来就觉得不对,下体温热而湿润,睽违许久的腹部胀痛感又回来了,她既感到欣喜又觉得啰唆,忽然明白大家为什么要称呼这是"老朋友",她捂着肚子起身,床单上已是一摊殷红的沼泽。

那一年周家有两个孩子升高中,一个是周允,进了明德,市重点,还有一个是周允小姑妈的儿子,比她大三个月的表哥，考了一所普通高中。为了庆祝他们升学，她妈妈和小姑妈在金沙江路订了一桌酒席，一同宴请她父亲这边的亲戚。

在周允的印象中，她从初中到高中买衣服的次数屈指可数，有一年羽绒服降价，买了件只要两百元不到但含绒量特别高的羽绒服，粉色，长款，她穿小号已经显大了，但她母亲还是要求导购小姐给她从仓库里拿一件大号，她母亲说，大号，要的，你天冷要穿棉毛衫和粗绒线衫的呀，而且，说不定你还要长高。周允自然听从了她，这件衣服，从初中穿到现在，十多年过去了，还是显得特别大，天如果实在冷，周允偶尔下楼倒个垃圾还是会穿的，晃荡晃荡，活像只金钟罩。另一次买衣服的经历，就是为了赴这趟家宴，周允的爷爷奶奶生下的四个孩子虽然没有一个有出息的，可是和所有上海人一样，大家都讲究"台面上要漂亮"，家里可以穿脱线的棉毛裤，破洞的绒线衫，出来吃饭一定得换上簇新的行头，别让人家觉得他们家穷酸。为了这个，她妈妈带她去买了学生时代唯一一套名牌服装，巴布豆，大红色的，她妈妈喜欢红色，说是喜庆、吉利，运动款，套上去和校服的运动服款式八九不离十，可导购小姐直说好看，还说划算，只要一百块出头，她妈也被说动了，掏出钞票付钱，让周允穿这一身去参加爷爷家的饭宴,给他们瞧瞧。

周允知道母亲的意思,她想把那口气争回来。他们周家的人本事虽然没有,可却是不好惹的。幼年周允几乎每年暑假都被送到爷爷奶奶家过,有一年她爸是第二次下岗,大姑妈也下了岗,带着姗姗表姐也来爷爷奶奶家吃午饭,那天的气氛说不出哪儿怪,明明是大热天,周允坐在那儿吃饭总觉得哪儿沁出些许的凉意来,而且还不是从那台会扭头晃脑的落地风扇里来的。她不知不觉放慢了吃饭的速度,爷爷和奶奶让她慢慢吃,他们先去把早饭剩的碗洗了。他们一走,周允突然发觉,是大姑姑坐在她对面看她呢!大姑姑也捧着饭碗,可一口也不吃,用一种挑剔的眼神饶有兴致地观赏周允,起初她没有笑,可周允说不清,就觉得她浑身不知哪里荡漾着某种笑意,整个人像柳叶眉,周允感到一阵阵冷风直刮进她的骨髓里。

"哎哟,周允,我问你,你家里现在三菜一汤能保证吗?"

周允不置可否,茫然地看着她。

大姑姑这下真的笑了,笑得像戏里的那些日本主妇那样做张做致,放下饭碗,右手捂住自己的嘴和下巴侧过头去。

"那么,两菜一汤能保证吗?"

周允还是没回答。

她这下笑得更癫狂了,她的身材瘦削,但因为年岁上去了,就显粗糙,给周允一种牛皮纸的感觉,而今这张牛皮纸像是被风吹起,不断地抖动,噔噔噔噔,带着风声。

"那只好吃一菜一汤啰。哎哟,周允,你也真真作孽!嘻嘻!"

她笑得不能自抑,周允不知道有什么这么好笑,在后一次的家族聚会上,大姑姑脸上拉扯下一副哭丧的表情,脸上的五官蝌蚪般聚拢在一起,她冲着周允母亲,仍然用那种怪腔怪调的语气说:"哎哟,你们也真是作孽,每天只好吃一菜一汤,作孽哇,怪不得周允每个礼拜都要到老阿爸这里来'刮'。"

周允母亲的脸色即刻就变了,她先冲周允瞪了一眼,然后尴尬地笑。那天回家后她对周允爸下命令道:"往后饿死也不去你爸家,省得人家以为我们在'刮'他们呢!"

"哼,我们家日子好得很,要你管!"周允妈双手撑腰也不知对谁喊。

她妈说完那句话,窗外象征性地就响了一声雷鸣,像有人正挥舞着大砍刀把天空砍个稀巴烂,周允没有被雷声吓到,倒是被之前那道闪电吓住了。夏天的傍晚，她们还没有开灯（母亲说天还亮着，开灯是浪费电），那一刹那，闪电像照相机的闪光灯把整个房间照得通透，把她妈那张狰狞的面孔照得煞白，定格住，咔嚓，底片永远地映在周允的心底。

这一次饭宴，显然她们也是有备而来，周允的小姑妈刚去烫了头发，额前的发梢浮起一片云来，大姑妈一直不擅打扮，但也动不动就拉扯一下她的羊毛衫，问她们怎么样？是她在中百公司新买的，大伯母穿了时兴的开衫，也说是新买的，让她们猜多少钱。她们自然也看到了周允的新衣服，感叹说，冰莹你一向做人家的，怎么舍得给周允买新衣服啊？

她母亲笑了，说进了高中，自然要一套新衣服。

她们又问起是什么牌子的，一听到说是巴布豆，全都笑了，说，冰莹啊，周允都要读高中了，你怎么才想起来要给她补买童装啊？

她妈回家才问她，怎么，巴布豆是童装吗？

不是童装，怎么会这么便宜？周允心里想着，却没有说。

可她母亲还是有一些得意的，她说，你看你小姑妈，不敢再说你读书花钱花得多这件事了,她儿子考的高中,每个月学费比你还多呢。

原来她母亲还记得,她一直都记得,周允小学升初中是付了七千元择校费的,七千元在当时可是一笔不小的数目,相当于她家一年的收入,对父亲这边的亲戚而言也差不多,周允的小姑妈喜欢半开玩笑地说:"周允啊,这下你要好好念书啰,你一念书啊,就让你爸妈去喝西北风啰,呵呵!"

后来她们也只有吃年夜饭才会去爷爷那边,爷爷忙里忙外,把邻居家不要的圆台面捡回来搁在方桌上,这样好歹他们四户人家才能在一桌坐下,他把一个个新鲜出炉的菜肴装盘摆上台面,都是些好彩头的菜色,四喜烤麸、"脱苦"菜、清蒸鲈鱼、白斩鸡,铺着满满一层蛋饺的三鲜汤……小姑妈把被戏称为"金元宝"的蛋饺含在嘴里,吧唧吧唧地咬开,含着黄黄白白的蛋皮和肉馅,说周允要让她爸妈去喝西北风啰,呵呵。

呵呵。

"这读个书代价也真够大的,冰莹啊,你真是胆子大,换了是我,这种事情我可做不出的。谁晓得小孩将来领不领你这份情,这种钞票,多半是掼了水里的!"大伯母说。

她们每年都重复着这些话，说完喜欢停杯投箸观望周允母亲和周允脸上的表情，呵呵，在她们眼里，一定比国庆节南京路上的彩灯还漂亮。

她母亲说，嘻嘻，看你小姑妈现在一句也不敢提学费的事情，她敢提？提了不是自己赏自己巴掌吗？而且那个学校连区重点都不是。周允妈对周允说，进了高中一定要争口气，考个名校，进名校才能保证毕业后挣大钱。只要你能有出息，妈这辈子再苦再累也值得。

2

明德是一所寄宿制高中，周允的母亲事后才知道，懊悔不已，为了不付那一千两百元住宿费，她想尽一切办法找到了自高中毕业后就断了交的中学好友，后者现在是一名神经内科医生，周允的母亲请求她给周允开一张病假单，随便什么毛病都可以，只要能证明周允无法寄宿。果然是中学好友，二话不说，就抽出张病假单，写上周允对四样东西严重过敏：螨虫、花粉、杉木和鸡蛋。

她解释说，螨虫和花粉过敏的人很多，写上无妨。杉木必须写上，因为学校宿舍里的家什大多是相对便宜的杉木材质。她没有详细说明为何要写周允对鸡蛋过敏，可能她的意思是，外行人一看周允连这么稀松平常的鸡蛋也能过敏，想来身体确实很糟糕。不过，这也只是周允的揣想罢了，她母亲和她什么都没敢多问，拿着那张单子直说谢谢。

结果明德的宿舍规格很高，所有家具所用的材质都是价格昂贵的松木而非杉木，周允的走读申请被无情驳回，母亲勉为其难地付了那一千二百元。顺便提一句，谎言即便没有作祟，但也要付出代价，这个代价就是，在明德的三年周允始终装作自己对鸡蛋过敏，食堂里但凡有鸡蛋的菜周允都只能偷瞄不能点，这个代价太大了——鸡蛋正是她最珍爱的食物。

于是，周允平白无故地成了不吃鸡蛋的古怪家伙。

魏叔昂是第一个也是唯一一个看出周允在撒谎的人。

"你是装作不喜欢吃鸡蛋的对吧？你明明喜欢吃鸡蛋喜欢得要命！"

这是他头一次跟周允单独说话，开门见山。这段对话被安插在一个颇为怪异的场景中，高一下半学期过完年，班主任陈巧派他们去上海火车站接外省市来的同学。魏叔昂也是保送进明德的,陈巧对保送生另眼相待,所以就直接任命叔昂做班长,周允做副班长,那天不仅是年初六,还是情人节,他们毫不相干的两人要赶去火车站举牌子接同学。十年前的上海火车站还没有如今这么多高楼大厦,特别破敝、衰败,满目都是灰头土脸的矮房,有些沿街的店铺或是招牌缺字,或是二楼的玻璃窗破了个方孔,随处可见大老远跑来上海想一睹繁华的人,他们中有些不修边幅,在脏兮兮的行李箱上搁两三个脸盆或一个铅桶之类,也有些尽可能以自以为最时髦的样子装扮自己,廉价的眼线和唇膏让她们年轻的面孔惨不忍睹,他们只有一个共同点:迷惘,拖着大包小包彳亍在上海的街头,无头苍蝇般乱窜,实在找不到,就问别人:师傅,麻烦问一下,外滩怎么去?人民广场怎么去?南京路怎么去?

周允虽然是土生土长的上海人,可说真心话,火车站对她来说是个十足陌生的地方。上海火车站坐落于闸北区,周允记得初中时有一次学校运动会预订了闸北区体育馆的场地,他们坐在学校包下的公交车里驶向陌生的闸北,同学间窸窸窣窣地传着这样的话:我妈说哦,闸北区很乱的喏。周允不知道他们说的"乱"具体是什么意思，只是竭尽所能地抓紧座椅的扶手。

叔昂问周允是不是装作不喜欢鸡蛋的时候，她正听从他说的走一条通往火车站南广场的"捷径"。这是条逼仄的小路，在没有阳光的冬日显得更为阴森萧瑟，两边的人行道上不断有商铺的小老板和小老板娘把洗脸水、刷牙水和早饭吃剩下的饺子汤泼到马路上来，他们时不时要提防，要"哎哟"叫着往后躲。再往前走一点，道路两边打着"住宿四十元起"旗号的小旅馆不断有各种年龄的工作人员走到路中央，他们的手指把一沓名片大小的卡片弹得啪嗒啪嗒响，压低了声音问他们"要开房吗？便宜得很"。她的脸大概已经涨红，叔昂却若无其事地摆摆手，然后问周允不吃鸡蛋是不是装的。

"当然不是啦，我对鸡蛋过敏的。"周允提高了嗓门反诘说。

"不用骗我，我可以看出你对鸡蛋的渴望。不吃鸡蛋的人不是这样的。"叔昂说。

周允心里打着小鼓，可表面还保持淡然。周允问他，你哪只眼睛看到的？

"我从小不吃鸡蛋，所以我一眼就能看出哪些人是不吃鸡蛋的，哪些人是吃鸡蛋的。"他说。

周允刚准备戳穿他的一大堆逻辑漏洞：我对鸡蛋过敏，并不意味着自己不喜欢吃鸡蛋；我小时候对鸡蛋不过敏，现在才过敏的；还有，吃鸡蛋的人和不吃鸡蛋的人区别有这么大吗？

他没有给周允时间说这些，而是立马下了结论：

——周允，你装不了假。

"小姑娘，要开房吗？便宜来兮。"一个衣着朴素的中年妇人凑近周允问道，浑身散发着惹人厌烦的笑意。

"不要，你没看见我们还是学生吗？"周允的嗓音一下子变得很凶，自己把自己吓了一跳。

中年妇人吃了闭门羹，没趣地走开，边走边念叨说："不开房就不开房，凶啥凶。哪能啊，学生子过来开房的多着呢！你也熬不过几年的。"

——看吧，我说的，你装不了假。

叔昂嘴角上扬了一下，下结论道。

他还告诉周允，你尽可以吃鸡蛋，因为根本没有人会注意你的。

这话听着不知怎么使周允有些伤心，叔昂的话听起来都是这般使人伤心。

即便有人真的问起，你大不了跟她们说你的过敏治好了，这也是很正常的事。

过敏也能治好的吗？周允问，一问，就发现自己说漏了嘴。

叔昂瞥了周允一眼，笑了，他的笑并不使周允厌烦。

当然可以治好，很多过敏症状都是阶段性的。他说。

周允问他，你不吃鸡蛋是不是也因为对鸡蛋过敏。

"不是，我不喜欢吃鸡蛋。"

"那你家里人不会逼你吃吗？我妈从小就跟我说，吃蛋黄补脑子，我被逼着逼着，就好像喜欢上吃蛋黄了。"

"那种情况也有，他们不想我养成挑食的习惯。可是没有用，我好像天生对鸡蛋厌恶，生理上的厌恶，没办法放到嘴里，一放进去就浑身发冷，不晓得为什么，我爸妈试过两次，看到我实在像忍受酷刑一般，就算了。"

那时他们终于柳暗花明，抬眼看到"上海火车站"五个红色的大字，他告诉周允，他母亲后来跟他说，这个世界本来就有吃鸡蛋的人和不吃鸡蛋的人，吃不吃都没什么大不了的，只是你不要喜欢吃但强忍着不吃，或者明明不喜欢吃而强迫自己吃，就可以了。

虽然叔昂对她说尽可以吃鸡蛋，可她还是没有足够的勇气。最尴尬的就是打好饭菜捧着不锈钢饭盒从他面前走过，他会看似无心地瞟一眼，周允低下头，但连颈后都能感受到他刺目的眼光。

周允本来以为会有好事者拿他和周允都不吃鸡蛋大做文章，可是似乎迟迟没有人发现的样子。只有一次，结交颇广的朱玫大概从男生们那里听来的，在和她们一起吃饭的时候提了一句，听说魏叔昂也不吃鸡蛋的。

大家抬头瞅了瞅周允，定格两秒，继续吃饭。

没有人觉得叔昂会和周允有任何交集。

叔昂在和周允接外省市同学回来后不久就被陈巧罢免了班长一职。他不知怎么得罪了陈巧，那天她在放学时的小结里指桑骂槐地说了一大通话："我以前从来不知道，男生和男生之间的关系可以差成这样，某些同学就算别的方面再好，如果不会与人相处，不会做人，往后到了社会也很难混。周星驰，周星驰你们都知道的对吧，才华多么了得，最后怎么样？所有和他合作的人都出来说这个人有问题，什么问题呢？就是不会做人。"

女生们听得云里雾里，后来经朱玫解释才知道陈巧说的就是魏叔昂。听说他太以自我为中心，说话太露骨，太歹毒，把班里的男生全都得罪了一通，有人写匿名信去陈巧那边要求弹劾他，陈巧好心找他去办公室谈心，没想他连班主任都得罪了。

他怎么得罪陈巧的啊？周允问。

具体不清楚，好像说陈巧着装品位太差，就算她毕业于名校华光大学，来中学教书心有不甘，可也不能自暴自弃之类，你说他这不是找死吗？

喂，你有空劝劝你们家叔昂。朱玫对隔壁寝室的晴晴说。晴晴低首一笑，柔情蜜意地在朱玫肩上抚了一把，说晓得了。

周允才知道，原来叔昂已经和晴晴在一起了。

半年后，大家都眼见晴晴从他面前走过装作视若无睹，班里的传言纷纷扰扰，而周允也是很后知后觉地在十二班教室门口的走廊上看到一个身材娇小的女生俯身倚靠着栏杆，魏叔昂也俯身倚靠着栏杆——他已经另觅新欢了。

周允直觉地认为魏叔昂是个花花公子。

因而他高二下学期分班后突然给周允发短信，周允断定他是发错了，然后没有理会。也不是什么暧昧的短信，而是一连三天，每天发一个故事，有五条短信之长。时隔多年，周允已经忘记了他最初发给她的是什么故事，或许她看都没看就按了删除键。到了第三天，周允实在觉得烦，回复他说，你发错了吧？

没有发错，就是发给你的，周允。他回复短信的速度惊人地快。

周允听凭她的屏幕时不时亮起，他的短信一条条飞来，周允直觉地相信他就是这样哄骗身边的每个女生的，谁接招谁就上了当。

高中时期的周允断定爱情与自己无关，她知道，这个年纪的男生是危险的。她母亲在送她上明德的那天拐弯抹角地告诫她，小允，读高中的唯一目的就是考个好大学，很多事情不用着急，进了名校，你身边的人已经帮你自动筛选好了。小姑娘容易头脑发热，上男人的当，你脑子要拎拎清。

你们不懂男人，男人脑子里哪有爱啊，不过是和喜欢的女人上上床。周允的室友朱玫说，她是当时在高中里少有的会将"上床"挂在嘴边的女生。

你们知道那个张立？他的书包里每天塞着三个避孕套。

在寝室里，朱玫告诉她们，她们的眼睛登时睁得滚圆，因为张立是她们公认的高年级校草（很多年后周允才知道喜欢帅哥美女其实就是力比多作怪），他竟然也是个这么龌龊的人！

你怎么知道的？隔壁寝室的晴晴问她。

哦，因为我好奇嘛，好奇那坑意儿长什么模样。我有一天就去他的班里问他，能不能拆一个给我看看。

他拆给你看了？晴晴问了她们都想问但不敢问的问题。

哎，没有，他往书包里摸了半天，然后跟我说，今天没带，要看的话，明天来好了。

男人没一个好东西。晴晴着急地下结论道。

3

高中就是把板凳坐穿，周允的母亲一直这么说，周允听信着，成了高中里极端无趣的存在——绝缘体，朋友们这么称呼她，唯一令人惊叹的就是她的成绩，毕业的时候同班同学送了她一句话：周允，你的成绩永远像死人的心电图这么稳定。

母亲特别担心周允一寄宿就荒废学业，每天晚上九点半，她的电话会准时响起，周允便告诉她自己不辱使命，凌晨四点就起床，在盥洗室里就着应急灯做作业，一直做到六点起床铃声响，然后给自己泡上三包麦斯威尔冰咖啡，去上课，没有一分钟在走神，中午和课间周允都没有闲着，一有时间就赶作业。数学和英语她都已经自学到期中考以后，辅导书都已经做到相应的章节。你放心，我一分钟也没有浪费。

母亲一直安静地听着，她告诉周允，你要记住，你是四大名校不去，屈尊降贵到明德来的，你是来做鸡头的。

周允说她知道了。

她每天对母亲报告这些的时候，同寝的室友都在盥洗室里洗衣服聊八卦，没有听到。有一次轮到小芸打扫卫生的时候在宿舍里扫出一页练习簿撕下的纸来，上面是用端正的字迹写下的时间表：

五点：起床，洗漱

五点半—六点四十：预习数学和英语

六点四十：早餐

七点：背英语新概念第三册

七点半—四点半：上学（抓紧课间时间做作业）

五点：晚餐

五点半—九点：晚自修（完成黄冈中学理化竞赛题）

九点—九点半：洗衣服，洗漱

九点半—十点：做摘抄，背古文

十点：熄灯

记住：不要浪费时间！

小芸挥动着纸片问周允她们这张纸头是谁的？大家都凑过去瞥了一眼说不是自己的，朱玫说了句，大概是周允的吧。

而周允也假意看了眼，说，不是我的。

周允不知道当时的自己为何要否认，可否认了又怎样，她们一定都心知肚明，那张纸头就是周允的。

多年以来，周允真的以为自己没有虚度任何光阴。

谈恋爱，在周允看来无非就是浪费时间的事情。

周允告诉过叔昂，不要烦我，我不想浪费时间。叔昂对周允说，时间一定会枉费，因为时间如流水，靠双手注定抓不住。

她告诉他，现在这个阶段要好好念书，考个好大学才是真的，其他都是假的。

他说，我跟你不一样，我不需要用读书来改变命运。我读书没这么功利。

周允说，既然你知道和我们不一样，那就别烦我了。我的家人还要靠我读书来拯救他们。叔昂却告诉她，读书只能拯救你自己，拯救不了其他人，如果你勉强读书，连你自己都拯救不了。

叔昂在高中时成绩并不好，他也完全不在乎，每天看明清白话小说，上课的时候，台板里摊着一本《金瓶梅》，女生都骂他下流，他光明正大地举起封面，说，这是文学经典，下流什么？

为了这件事，陈巧又把他叫去过办公室"谈心"，听说这次还算顺利，叔昂一进办公室就说，以后我不带来学校了，在家里看。

可她骗不了自己，与他聊天令她快活。

周允和为数不多的朋友聊到过她的家人，埋怨过自己的父母之间只有忍受而没有爱。其他朋友全都是劝周允的，说什么你的父母之间一定是相爱的，如果没有爱，早就一拍两散了，怎么会相守到今日？

这个原因周允倒听母亲说过，他们不离婚，全是看在孩子份上，因为别人都说，离了婚，对小孩不好。

只有叔昂，他誓不讨好，他说，我们这一代人的父母很多人结婚都没有爱，特殊年代，每个人的个性都被打磨好，压抑着，看起来好像都差不多，随便找个老实人凑合着过，其实相互之间没有深层的理解。

周允问你的父母呢？

叔昂告诉她，他的父母是自由恋爱结婚的，当年他母亲追求者如云，其中有三个追求者一个做了局长，一个做了大老板，还有一个是拿国务院津贴的科学家，数他爸最没用，只是个小技术员。可他妈从来没怨过，到现在两夫妻出去逛马路，还要手拉手的，也不害臊。

真羡慕啊，我爸妈能有一天不吵架就阿弥陀佛了。周允说。

吵架也是很多夫妻的相处之道，如果他们既没有爱，也没有架可吵，那才是真的悲哀。叔昂说。

还有那几年很偶尔地和父亲那边的亲戚聚会，必须摆好僵硬的笑容从容应对她们翻着花样经的冷嘲热讽，周允都是暗地里用手机和叔昂聊天度过的，叔昂会告诉周允，好的亲戚是一辈子的福气，如果碰到不好的亲戚也不用太过担心，因为你们将来完全没有关系。

你们将来完全没有关系。周允一听就笑逐颜开。碰巧那时大姑妈正说起大伯母的儿子考了个二本，"哎哟，也挺好的，你什么钱也没花，儿子还能考上大学，算不错的了！"她说，然后又把话题引到周允身上，"冰莹在周允身上砸了这么多钞票，还不晓得会考到哪里去呢！"

周允的母亲面孔是上了浆糊的，周允却在笑，她在周允身上使劲拧了一把，回去就是一块乌青。

周允真的觉得他懂她，他总是要她别给自己这么多压力，要她不用去做讨好别人的事，他告诉她，人生长着呢，没什么事是大不了的。

他们之间一来一去发了太多的短信，以至于平日五十块用三四个月的话费一个礼拜就用完了，这样下去准会被她母亲发现。

叔昂，我不和你说了，我的话费快没了，会被我妈骂的。

我帮你充。他说。

周允赶紧说不要。可他不由分说地，不一会儿，一条移动公司的短信就提醒周允，已经充了一百元。

他这招真管用，多少女孩子会上钩啊，周允想。而后每次她的话费告急，都是他充的。

有一天他托朱玫转交一个雕花檀木盒给周允，周允打开盒子，里边装着一把檀木梳子。朱玫什么话也没说，就把盒子塞在周允手里，说是叔昂给她的。朱玫也提醒周允，跟魏叔昂这个家伙只要当下聊得欢就好，不必把他的话太当真。

周允答应着，揣摩着，将信将疑。

周允提醒自己这个人说十句话她最多相信两句，可是，那八句听了就是听进去了，令周允快活。他说他想做的事情是开火车，他喜欢火车的铁轨，喜欢火车行驶时发出的磕托声，也喜欢沿路的风景。他在每天睡前给她讲一个故事，末了会道晚安，会叫她早些睡，说"你的皮肤是最好的"。甚至他偶尔会蹦出一些天荒地老的话，引周允一哂，越发疑惑。

除却火车站那次，周允和他只单独出去过三次，一次是周允去宜川附近考试，因为不认识路，托他在那边的公交车站接一接，考完他也来等周允，问她有没有一点时间，他带她去他的初中母校走走。那是个春天,他的母校是个日语特色学校,校园里栽满了樱树,她至今都不能完全分清樱花、桃花和杏花,她只有一个粗浅的评判标准,花瓣会飘落的想必就是樱花了。

那一天,淡粉色的樱花花瓣如雪一般降下,使她想起席慕蓉的《一棵开花的树》来,叔昂竟也读过,他说说不定他们眼前的这些樱树就是在佛面前求了五百年的情种,不是爱你就是爱我。

周允说,一定是爱你的。因为没有人会爱我。

怎么,你不把我当人吗?叔昂反问她说。

这话太轻佻,他大概在无数的女人身上试过了。周允这么想着,没有答话。

第二次是外白渡桥大修前夕,周允和他一道去怀旧,虽然他们远没有到怀旧的年龄。那是周末,外白渡桥上密密匝匝都是前来镀一层老上海风情的浅薄之徒,还有长枪短炮的镜头跟进,他们对视一笑,真俗,于是她要他陪她去找她外婆原来的住地,她出生的地方,也是她母亲引以为傲一辈子的市中心——顾家弄。

这全是一时兴起,叔昂只得抬头辨别蓝色的路标,告诉周允往这儿走,右拐,左拐,再往前,他们走了好长时间,他说应该是这里附近了,问周允认得出吗?

很陌生。

只有一个地方,叔昂指了指那刷了蓝色油漆的类似大型垃圾站的地方,问周允,这是做什么用的?旁边也有垃圾桶,这里要这么多垃圾桶吗?

周允告诉他,那儿是倒马桶用的。这里的弄堂房子没有抽水马桶。

他看起来似乎有些惊讶。

他陪周允漫无目的地走着,这些街道唤不起一丝一毫童年的记忆。

一向爱说话的他沉默了,就这么静静地走着,从一条路的起首走到末尾,走尽了,他也不说话。周允说,找不到了,算了。

他大概见周允失落,说,我请你吃冰淇淋。

他们就在罗森便利店里买了两只可爱多,坐在沿街的吧台座位上吃着。

甜,甜入心坎儿,甜得脑袋发了疯,周允掏出一只芝表姐送给她的双头曼秀雷敦唇彩，这是她中学时期唯一的一支唇彩，从初中二年级一直用到高中毕业，一点儿一点儿挤牙膏似的用，不舍得。她翻开一本印着"明德"二字的校名练习簿，给叔昂画起肖像画来，她以前也没怎么画过人像，她也不知道自己会画成什么样，在叔昂面前，她倒不怕出丑。

叔昂是远远称不上好看的，单眼皮，眼睛小，眉毛是浓的，鼻子算是挺的吧，可是鼻头不够丰满，笑起来不露齿，但嘴巴喜欢歪向一边，她画着他，时不时抬头看他，他也看着她，认真而庄重。她觉得他的看中应该有类似爱的东西在，因为他看得她浑身不自在，看得她意欲无限地靠近他，可她不确定，只好管住自己，将这份情愫暗暗揣在心底。她用唇彩的小刷子在纸上涂鸦，抿着嘴。她没有画成夸张的漫画，而是画成了类似版画的简笔肖像，勾勒出五官的轮廓，拼起来倒真的有几分传神，可就是不伦不类的果冻红，亮晶晶、甜腻腻的。画完后她笑着说"好难看"，叔昂说"拿来我看"，她就把本子从桌上滑过去，他接住，瞅他很满意，也不问她，一把撕下这一页纸，说是送给他了，他会好生收藏的。他还说她可以考虑往画画方面发展，虽然他没学过，可听别人说过，画画的技巧虽然重要，但更重要的是灵气，他说"我觉得你有"。他不知道,她平时真的有画画,可能是她除了学业之外唯一的爱好,中学时每一份美术作业她都是竭尽全力在做的,像是找到一个借口,可以花上四五个小时使其臻于完美,结果每次都接近满分,被课代表贴到教室的墙报上,引起很多人的赞叹,虽然她从未正儿八经学过。

不瞒你说,我真的很想考美院!周允说。

那就去考啊。他对她说。

可是,你知道,我妈……

先斩后奏嘛!他说。

周允微笑着,摇了摇头。

他们吃完出来要再往回走去坐公交车,才猛然发现不远处有一方很小的绿色旧式路牌写的似乎就是"顾家弄",他问她,还要不要去看看。

不要了,周允说——她已经不感到失落了。

和他单独见面的时候他太规矩,规矩得不像平时的他,规矩得总让周允疑心他并不真的喜欢周允。

那时候周允已经察觉到自己的自相矛盾,一方面奢望柏拉图式的爱情理想,可当对方真的以这种姿态出现,不越雷池半步，女人便会疑心男人对自己没意思。

他最多是嘴上不饶人，譬如会说学校里教他们物理的那个女老师经常勇闯男厕所，害他们每次都猝不及防，想贴到小便池上。而那个老师一边洗手一边让他们放心，说，你们是小囝呀，你们以为我要看你们啊？我才不要看呢？是因为女厕所人太多呀！再譬如他们不知怎么聊到黑猩猩和人类基因组相似度竟然高达百分之九十九，大约是那一年的新发现，周允感叹了一下。他却说，人类在做很多实验的时候不会用黑猩猩，会用海豚，比如做那事儿，黑猩猩是为了繁殖下一代，而海豚做那事儿可以分两种，一种为了繁衍，另一种则是为了快乐。

还有一次他们单独出去是在大夏天，暑假的时候，外边热得像蒸笼，他们还异想天开地吃火锅，好在火锅店的空调力道大，他们一坐就坐了一下午，坐到火锅店只剩下他们两个，服务员看他们碍眼，可还是被叔昂一次一次叫来换掉燃尽了的固体酒精。火锅店的天花板是镜子玻璃，他俩的样子被投射在上面，有点儿扁，怪滑稽的。他说，你想象以后结了婚，卧室的天花板也这么做，你和丈夫躺在床上，多惬意啊。

周允说，才不要呢，恶心都恶心死了。

这哪里恶心啊，这是浪漫啊。你不要，我要。叔昂说。

虽然他在周允面前毫不忌惮地说着这些，可周允有心等待着，是的，周允不争气地对他有了期待，但他没有再问过周允什么，比如是否愿意成为他的女友，周允一直等着这句话，他却只字未提，他甚至连一次也没有送周允回家，周允想他或许是不爱她的。

然而周允还是不甘心，她曾经试过用激将法激他，高二下半学期她有意去搭理张立，用一种极为幼稚的笨拙的方式，告诉他，她的同桌深爱着他，但她害羞，周允就来代她问问有没有机会，聊了两天，阅人无数的他早已读出其中的玄机，主动来班里跟周允打了声招呼，送了个洗净的蛇果给她吃，还向别人介绍她是他的小师妹。这件事一时传得风风雨雨，也是周允高中生涯唯一一次成为校园八卦的主角，叔昂的反应很平淡，他只是告诉周允：阿允，这个男人你抓不住的。

周允还用过一个法子，她有意发一条亲昵的短信给他，对他说："亲爱的，明天我要放你鸽子了，对不起啊。但我会补偿你的。"

他久久没有回复。

周允等了一会儿又补了一条，抱歉叔昂，刚才那条发错了。

他回了句"哦"。

从那天起，他午夜十二点道晚安的话悄然变作：阿允，吻你的额头，可惜你不爱我。

高三那年，周允被母亲千盼万盼的名校华光提前录取，总算对她有了交代。叔昂对周允说过，他觉得名校没意思，撺掇学生考名校只不过是高中的阴谋，学生成为高中攫取名利的工具，他说他才不要沦为工具呢。可周允还是一再对他说，不管你怎么想，进个好学校总不会吃亏，去了好学校再做自己喜欢的也无妨。

周允甚至还在揣度着他们之间若即若离的关系，周允想，他如果努力一把，考上华光，那就证明他是爱她的。

结果他没有考上，周允也不知道他是否有为她努力过。

进了华光的第一年，周允听说其他一本高校也有参加转学试的机会再考一次华光，她马上整理了所有的资料发给他。

他却冷冷地回复她说，我干吗要考华光啊？我待在理工很好啊。

是在那一天，周允终于确定了，他不爱她。
然后她转念一想，幸好，她也没有吃什么亏。

4

在二十三岁的时候，周允被安排过一次相亲。是周允的姨妈拉拢的，她的女儿，周允喊作芝表姐，大周允四岁，中学毕业就被招去做空姐，周允大二的时候她已经嫁给一名东航的副机长，姨妈扬眉吐气，逢人就说小姑娘不需要读太多书，只需要眼尖手快挑一个能挣钱的老公就好。自从有个副机长女婿后，她们家吃的、穿的、用的，不是从巴黎带来的，就是从米兰带来的，最不济也是从香港带来的，姨妈会打电话给周允妈，说，你看到东方购物上那套灶具了吗？嘿，已经是德国的淘汰货了，现在人家不兴这种了，兴什么？我女婿上个礼拜刚给我从那边买了套最新的来，你来看喏，我的厨房又更新换代过了。

姨妈在芝表姐结婚后特别关心周允的终身大事，她托母亲转告周允，要赶紧在华光物色一支潜力股，这才是读华光顶顶要紧的事情。周允母亲也着急，戳周允的脑袋，叫她不要拎不清，错过这个村就没有这个店了。

周允抽筋般地笑笑敷衍她。

她们大概看周允直到大学毕业也缺乏这门抢男人的技艺，就为她着急起来。然后姨妈就找了这个猪头三来，叫赵丰嘉，是长周允十届的华光学长，国际经贸专业，一直在四大会计事务所上班，后来自立门户，成了一家规模不小的咨询公司的合伙人，在他这个年纪，算是成就斐然了。芝表姐是在一趟飞三亚的航班中认识了赵丰嘉年迈的父母，很显眼，老夫妇打扮得很朴素，却坐的是商务舱，芝表姐给老先生倒橙汁的时候，老先生竟然问她，小姐，你有男朋友吗？芝表姐一惊，很快微笑着说她已经结婚了，还亮出她的结婚戒指。

老先生和老太太面面相觑，老太太嘀咕了一句，哎哟，是呀，现在好的小姑娘都结婚了呀。

芝表姐还是保持着职业微笑。

"你别介意哦，空姐小姐，我是为我儿子急呀。他都已经三十三岁了，连个女朋友都没有。我儿子很优秀的，华光毕业的，现在自己开了什么咨询公司，我们两夫妻出来旅行，又是商务舱，又是五星级酒店，都是他掏的钱。"老先生说。

芝表姐立即想到了周允，应承下来，"我有个表妹倒是刚从华光毕业，好像还没有男朋友。"

他们做这一切都是瞒着周允的，姨妈忽然说要办什么华光的校友同乐会，她还找了个她同事的儿子一家，刚考进华光的数学系，说校友之间要多联络感情。周允也就将信将疑地去了，穿上玫红色的长袖连衣裙，别上一枚蝴蝶型的胸针。

他们说要大人管大人坐，三个华光校友坐一起，于是周允的左手边是这个大她十岁的赵丰嘉，右手边是那个小她五岁的小学弟，左右都有代沟，他们没什么话聊。

周允后来称呼他作"猪头三"，主要是长相，打扮是得体的，衬衫西装，都不是便宜货，这一眼就能看出来。可是他确确实实长了一张包子脸，还是个狗不理包子，身形倒还好，不胖，估计是后来减过肥，身材瘦下来，头反而不成比例的大，戴着副玳瑁边眼镜，鼻子是酒糟的。

姨妈主持着饭宴，她一直在说赵丰嘉很能干，年纪轻轻已经是咨询公司的合伙人，周允低声应和着说，你好厉害。他也就笑笑，不予置评，估计这话已经听到无感。姨妈甚至有一种冲动,想要报出他确切的收入来,可估计她要么是不清楚,要么顾忌不要把场面弄得太难看,只是说,他呀,每次请父母出去旅游不是商务舱就是头等舱,酒店都是五星级的,而且还专门雇一个当地的私人导游,一年起码两次旅行,一次国内,一次国外,单单这就要花掉好几万呢!有本事就是好,花钱连眉头也不眨一下。

赵丰嘉笑笑,没有搭话。

姨妈又说起周允,当时周允还没有正儿八经地成为画家,只是在一个国际学校供职的老师,教雅思,姨妈说这个学校很好的,你们看电视吗?每年多少人挤破额头也进不去呢!她将来可好,自己的孩子连后门也不用开,教职工的福利。

是啊,现在要进个好学校可难了。赵丰嘉的父亲说道,而且自己做老师,往后还可以自己教孩子,一举两得。

整场饭宴,赵丰嘉的父母一直撺掇着他给周允夹菜,他们说,怎么这么木,帮小姑娘搛菜呀,他就笑着,夹一块红烧肉,夹一挂目鱼大烤,再夹一棵菜心,周允来不及吃,盘子上堆了一座五彩的小山。

他们一看就知道彼此不是一路人。

可是逢年过节的时候,家里的电话还是会响起,周允从母亲接电话的口气里就能推度出电话那头是谁，周允母亲会小声地答道："还没呀，急死人的事情。那么你们儿子呢？"

"哦，也没有啊。"母亲应道，吁一口长气，浑身舒展。

有时候则是周允母亲打过去，借一个因头，譬如说这次，周允下周要在莫干山路开画展了，要给他们寄三张邀请函，务必来捧场啊。

周允听到对方说，哎哟，你女儿真有本事。

周允的母亲笑笑，答，她不过是贪好玩而已，哪像你们家儿子，有本事，赚大钱。

末了，还是那句，哦，我们家还没呢，哦，你们也还没啊。

她又放心了。

这样的电话一直持续了三年，周允看到她妈把她一生的希望全系在这根电话线上，周允有时候会很任性地想，对方如果说一句，我儿子寻到了，下个月结婚，大礼那天早点来哦，她妈会作何感想？那不是她的女婿，连八字都还没一撇，可她已经认定那就是她的女婿，华光毕业，斯斯文文，有涵养，还有体面的工作和收入，年纪是大了一点儿，可男大女小也不打紧，现在不是正流行吗，大叔配萝莉？

事实上,在群贤毕至的华光,周允不是没有机会给她找一个心仪的女婿。

华光的确是一所名校,进校的第一堂课就告诉他们,他们是这个社会未来的精英,未来的领袖,华光只为培养精英而生。大学一年级混合院系上通识课,大学二年级才真正进英语系,周允经历了两任辅导员,不管是前一个还是后一个,口径一致,都是让他们千万不要浪费时间。最好大一就想清楚自己未来要做什么,从大一就开始计划,如果要出国或保研,那么绩点是最重要的,必须不遗余力地拿到最高分;如果要工作,那么绩点没这么重要,但也千万不能太低,更要紧的是从大一寒暑假就开始找实习,现在的工作不好找,要多做几份实习才能有一份完美的简历。

几年之后,等周允把大学的光阴也耗尽,才碰到早她很多届的学长学姐与她深谈,他们说从前的华光不是这样的,是诗人、哲学家和疯子的天堂,大家天天聊的是尼采,是福柯,是波德莱尔,是陀思妥耶夫斯基,而不是常春藤和五百强。

然而当年的周允并不知晓,她尽最大的可能来维持平衡，一边是不断与系里系外的教授套近乎，锁定高绩点，另一边是听从母亲的教导，匀出时间帮她找个称心如意的女婿。

大学里有两个人选，假如周允和他们中的任何一个结婚，或许都能如母亲所想过上一份可以向亲戚交代的体面生活吧？

周允认识文生的时候，她在念大二，周允也从后来跟叔昂同在理工的朱玫那里得知他有了新的方向。文生长周允一届，新闻系，他是第一个在公选课上问周允要手机号的男生，说实话，他走进周允的生活多少带有些不真实，他太像偶像剧里的男主角，外表俊朗，酷似学生时代风靡全亚洲的日本影星反町隆史，有点儿痞子气。周允当时误以为每一个问女人要手机号的男人都是出于喜欢，心里偷乐了好一阵。但他学期初要的号码，一直拖到期末考试前才联系周允，问她要不要一起去咖啡厅自修，他说他知道一个好地方。周允答应了，约在大学路上的一家咖啡厅，他穿着挺括的条纹衬衫，修身的牛仔长裤，阿迪达斯的球鞋，那时的周允还不会打扮，穿得像个假小子，上身是迷彩T恤，下身是牛仔热裤，很不符合西餐厅的情调，他见了周允先是一愣，还是请周允坐下。

他们先聊了一会儿天,他说话喜欢夹英文,他聊欧洲的电影,聊他喜欢的音乐,陌生的名词接连蹦出来,而周允只听过其中那些最烂俗的文艺片和摇滚乐手的名字。他问周允喜不喜欢爵士乐,周允摇了摇头,摘了句她不知从哪里看到的话还给他:酷爱摇滚的人是无法欣赏爵士乐的。

他皱了皱眉,说,那也不见得。

沉默半晌,他说,我们是来复习的,要不先看两个小时的书再聊?

于是他插上耳机,周允注意到,他连插耳机的方式都跟别人不一样,不是把两个耳机塞进耳朵里了事,而是把长的那根耳机线在脑后绕一下再插入右耳;另外,他的耳机也与众不同,后来她才晓得这种叫作插入式耳机,屏蔽外界噪音的效果更好。

和他相对,却又必须假装认真复习真是件让人难以忍受的事,周允估计自己那天一定面红耳赤,时不时叫来服务员给她的柠檬水里加上冰块。

那天复习完了后,文生问周允,可不可以做他的女朋友。

还没等她回答,他又补充道,但是做我的女朋友有一点要事先说明,我对爱情的要求是灵肉合一。

他让她考虑两天，给他回应。他先买单离开。

他刚起身离开，正巧有个同系的男生带着朋友进来这家咖啡厅，和周允打了声招呼，他问周允：刚才走的那个是不是华光爱乐乐队的首席小提琴手。

周允说她也不知道，只知道他叫义生。

他说对啊，文生，就是他。周允，你怎么认识他的，他很厉害欸！

自从进了华光，周允开始碰到各种厉害的人，比如文生，比如后来的学长卢卢，比如系里绩点第一后来嫁给伯克利教授的洋洋，比如系里一个闷声不响从来不跟任何人说话的男生后来不动声色地拿到了剑桥和牛津的录取通知书，比比皆是。而文生确实是第一个触手可及的人。

对于爱情周允没有足够的经验，虽然她清楚他所说的"灵肉合一"是什么意思，但她心里拨浪拨浪摇晃着鼓槌——她害怕。

这世上的说法纷纷繁繁，莫衷一是，有人说贞洁是女人最好的嫁妆，也有人说性才是了解伴侣最好的方式……周允不知道该听谁的。

她只确知这种事情不能问她的母亲,事实上她母亲从来不知道有文生和后来的卢卢的存在,她母亲大概一直听信着她姨妈所言,哎哟,你也不好,把你女儿养成了书蠹头。姨妈忧心忡忡,觉得周允势必要成为流向相亲市场的老姑娘,周允的母亲大约也是这么认为的。

周允只好把此事告诉她当时最好的朋友,她的大一室友阿霞,她学艺术的,也还没有恋爱过,但她凭借艺术系里广博的见闻告诉周允,这种高品质的男人,千万要抓住。嗯,阿允啊,我听人说,要抓住这种抢手货,女人不下点血本,不付出点牺牲恐怕不行。

周允嘴上说,这么麻烦啊,其实第二天就暗地里给文生回了条短信,她告诉他,她答应做他的女朋友。

文生果真是华光里赫赫有名的人物,校园里迎面走来的十个人中有八个都会向他投来注目的眼光,周允也从女生们黏滞的眼神里读懂她们的意味,她和文生一点儿也不配。

越是不配,周允越想抓住他。周允开始听一听就头疼的爵士乐,因为文生喜欢,他说他想带周允去爵士乐的酒吧,可惜周允不喜欢爵士乐。为了他,周允逼迫自己听下去,像对付功课那样把爵士乐的乐手和代表作背出来，上网查爵士乐的资料，为了有一天能陪他去爵士乐酒吧。

然而，他再也没有提起过。

他直接提出带周允去开房。

周允心里又裂出一个漩涡来，我们都还没有足够的了解，怎么可以？

他问周允，难道你不想吗？

我不想。可是周允说，我想。

那是一家门面破败的经济型酒店，周允和他并肩跨上门口的台阶，不禁想起和叔昂去火车站接外省市同学的那个荒凉的冬日，拉客的老太婆的预言竟然这么毒辣，这么准确，她也熬不过几年的。

他们登记的时候她注意到，他掏出了一张陌生名字的身份证，姓张的，不是文生，她有一丝疑虑，但她没有问。

周允有种祭祀仪式上献祭的感觉，不很白的墙，不很白的床单。她也没有对文生说，自己是第一次。

不用说，他很快自己就知道了。他像剥香蕉皮一般熟络地剥下周允的红色连衣裙，解下周允的胸罩，褪下她的内裤。

周允的内裤和胸罩都是很便宜的那种，十块钱三条的短裤，胸罩也不过是十块二十块，不配套的，被他脱下来扔到地上的时候周允才悔不该穿它们来，多丢人啊，文生的内裤都是CK的。

穿着衣服的文生和脱下衣服的他判若两人，他瘦弱，贫瘠，那个鼓胀的家伙反而显得不合比例，丑陋，突兀，像一副中世纪的刑具。他草草地吻了吻她的脖颈，就急不可耐地把那副刑具扎入周允的身体，锥心的痛从下体像推针筒似的一直打到周允的喉咙口，周允喊出来。

他才问，你是第一次啊？

不用回答。周允痛不欲生，可却连抓他的肩膀，用指甲在他肩膀上刻五个血印子的勇气也没有，周允只是把手指镂进床单里去，镂进被褥里去。

他丝毫没有减轻力度，干这事时的他如此陌生，面目狰狞，令人联想到在暗房里分尸的变态杀人犯，周允痛得撕心裂肺，但却没有叫他停下。阿霞告诉过周允，要抓住这种优质男，不付出点牺牲恐怕不行。

完事后他和着被单躺在周允身边，他们没有像别的情侣一样在初夜会互诉衷肠，让彼此的灵魂贴得更近，他睡着了。

周允睡不着，因为她才想起，他没有戴套子。

周允整整一宿没有合眼，酒店是临马路的，行经的车辆会把红色或黄色的灯光投映到窗户对面的酒店白墙上，顺着白墙冉冉攀升至天花板，她顺着红色或黄色的光亮往上看，猛然发现电视柜的上方有一双眼睛正注视着他们，一双睁得浑圆的眼睛，令她想起那个被火烧的女人来，周允几乎把她忘记了，整整四年的寄宿生活，她未曾出现过。而今，这个被火烧的女人看着她，她的羞辱被一览无余。第二天早晨，她戴上隐形眼镜才看清，电视柜的上方不过挂着两幅廉价的装饰画，都是红气球。

她足足担心了一个月，直到"老朋友"准时到访她悬着的心才放下来，处女血是次日洗内裤才发现的，她洗不干净，她害怕，她要把它处理掉。其实即便回家洗涤的时候被母亲看到，周允完全可以骗她是因为"老朋友"突然来袭，大概也能被糊过去（况且那时候母亲自己的工作都忙得焦头烂额，无暇分身），可是周允不愿冒一丝危险，她去那些廉价的内衣店里用十块钱买了三条内裤回来，这一条濡血的内裤，被她剪烂，用报纸层层包裹，丢进了校外的垃圾桶。

她还是觉得干那事很龌龊。

可周允仍然抱有念想，如果下一次他提出要她和他做这件事，她还是会答应，因为他是周允放眼望去最好的选择，他浑身散发着那种成功的气息，那种成功的气息宛若一款高档的香水，用鼻子就能嗅出来，而且他也可以成为周允的那款高档的香水，他借周允擦一擦，她就是她母亲希望她成为的样子。为了他，她可以假装，像妓女那样假装，让他满足，不要像第一次这样，她太笨拙，太怕痛，她一定让他有种像在奸尸的感觉，快感全无。

可惜那是他们唯一的一次肌肤相亲，很快文生就说我们分手吧，周允同意了。

那算是周允正儿八经的初恋吧，两个月的工夫，昙花一现，周允交出了所有。

今年，周允在莫干山路举办了第一次个人画展，两三家上海当地的纸媒都做了整版的报道。文生大约看到了，又约过她见一面。

他们约在一家偏高档的法国餐厅，很像他一贯的风格。他一坐下就介绍说这家店的主厨是从哪个米其林三星饭店挖过来的，这里最有特色的菜是两道，他飞快地报了菜名，周允听不懂，因为文生已经喜欢说话夹法文了。后来那两道菜上来了，一道是香煎鹅肝，另一道是炙烧龙虾，就着鹅肝，文生告诉周允说他要结婚了，新娘的父亲是某个沪上知名交响乐团的指挥。周允问他，你还在拉小提琴啊？

文生摇摇头，他说他下个月要和他的未婚妻一起去美国留学，他的未婚妻去宾夕法尼亚大学念音乐系，他则要去沃顿商学院。他问周允，你知道沃顿商学院吗？是全美排名第一的商学院欸，超级难申的，要不是他在渣打银行有三年的工作经验，连门儿都没有。他说新娘的父亲希望他回来后开一家唱片公司或经纪公司，这要比演奏来钱容易多了。他说这个未来岳父人脉很足，申请宾大的时候有一封名人的推荐信就是通过他的关系的，他未来岳父说了，将来就是一家人，肯定会全力支持他的。

周允用叉子笨拙地抄着龙虾，怎么也抄不好。周允说，恭喜你啊。你马上要跻身成功人士了。

他却说哪有啊，周允你才是成功人士呢，沪上知名青年画家，你的动静好大呀。

他们沉默半晌，他说，周允，早知道你今天会有这样的成就，我当时就不会和你分手，我可以直接做你的艺术经纪人，凭我的头脑再加上你的才华，我们一定能红遍全亚洲。

周允笑笑，不答话。

文生切着他的那份牛排，说，你不晓得，我的出身不好，我生在闸北，家里吃低保的，但我妈硬是要我从小学小提琴，说考到十级进重点中学可以加分，你不知道，我有多恨小提琴，恨不得把琴砸烂、烧掉，可进华光我也算是借了小提琴的光。我读大学用的是我舅舅的钱，我不能失败，我不能让我妈丢脸。

呵呵。

周允觉得太讽刺，五六年过去后，她才知道文生和她竟是一类人。

比起文生，卢卢大约更符合周允母亲的要求，卢卢虽然是成都人，但家庭出身不一般，记在他名下的就有四套房产，在大学里颇有点平原君的味道，有落魄公子，悉皆济之。他也接济过周允，为此周允终生感激他，没有他，或许就没有后来的周允。

大一时周允给阿霞看过她平日画的炭笔素描，她说周允画得不错，问周允要不要去旁听她们的课，周允说不好吧，你们的课怎么可以旁听?

不打紧,大不了老师不许你旁听你再出来就得了,又没什么关系。阿霞说。

周允于是抱着她的画本去旁听,艺术系的秦教授看了看周允的画,当着他们全班的面说,这个孩子比你们都有灵气,好了,我收你了,你以后过来上课吧。

画画特别耗钱,为了不用周允申请助学贷款,她的母亲在纺织厂倒闭后去青浦帮一个私人老板看工厂,一星期只能回家待一天。周允要到大三她母亲罹患脑瘤时才知道这些年她过的是什么日子,当时不懂,周末回家见到狗窝似的家,她说好周五回来吃晚饭,结果总是周允爸和周允无休止地打电话去问她在哪里?永远是刚出来,还堵在高架上,你们先吃。

周允爸几乎不会烧菜,也懒得多花心思,就往锅子里扔三个番茄,六个鸡蛋,让周允用番茄蛋汤泡饭吃。她妈回来后也不消停,手机二十四小时不关,常常是晚上快睡觉的时候或礼拜六大家刚刚坐下来准备吃午饭的那一刻,手机响了,铃声刺耳,电话那头是个嘈杂的男人的声音,像炸开的小鞭炮,她皱着眉,电话总是没完没了,等她打完,菜都凉了,周允把筷子一撂，发脾气说，不吃了。

她来哄周允，说着对不起，是她不对，来，现在好了，吃饭。

可是，手机又响了……

大学里她给周允的零花钱已经比中学时慷慨许多，完全够吃饭的开销，可当周允迷上油画，钱总是不够，永远不够，三顿并一顿也不够。

"多少钱你说。"卢卢对周允说，"不用跟我客气，钱在我手里也是被我胡吃海喝弄掉的，还不如给你，让你做点有意义的事。"

卢卢是阿霞的高中校友，长她们两届，念物理系，当时已经借用他父母的人脉开了家创业公司，帮其他富二代的公司做网站，他对IT没有多大研究，但是他说，只要有钱有脑子，一切都能搞定。他其实就是请了软件学院的同学帮他做兼职，他开的条件略高于市价，所以响应的人颇不少。

他告诉周允，"我给你的钱，是我自己的公司赚的，不是我父母的，所以你不用管。我赚的钱，我高兴怎么花就怎么花。"

周允的油画作品在校内得过一次大奖（战胜了所有艺术

系的学生），在大三的上半学期，画材就是得自卢卢的赞助。颁奖礼以后，阿霞约周允单独到宿舍附近的咖啡馆喝咖啡，她说她是代卢卢来问周允的意思，卢卢对你怎么样你心里清楚，你以为他对每个普通朋友都这样啊？你说，你有没有意愿做他的女朋友？

周允很惊讶，这种事情为何要找阿霞开口。

阿霞那天变了个人似的，穿得像个卖保险的，说话的腔调也像个卖保险的。周允和她之间距离感陡增。她说，卢卢对女朋友要求是很高的，一要长相，二要学养，三要家庭条件。他对待感情是非常认真的，谈恋爱总是抱着结婚的目的，所以每次遴选女朋友都要几方面条件全都满意才行，你知道现在这个社会，竞争激烈，他考虑到将来的生活不能受苦，也考虑到将来小孩的基因要确保小孩的未来发展。对你，因为他真的喜欢你，所以他算网开一面，他知道你的家庭条件不好，但是，如果你可以答应他，和他在一起后，和你的家人在经济上撇清，万一实在有困难，也只拿你自己的收入救救急，绝不用他的钱来贴你的娘家人，那就可以了。

因为他真的喜欢你，所以他算网开一面。周允心里反复掂量着这句似是而非的话，这个可笑的逻辑。

而且，你也知道，你已经不是处了。阿霞说。周允竟然从她的脸上捕捉到一丝冷笑。

放心，她说，卢卢知道了，他完全不介意，他说谁没有过去啊。阿允，是朋友我才跟你说的，像卢卢这种好男人错过了就一辈子都找不到了。

周允都还没问"卢卢怎么会知道，是不是你说的"，就听到这句"是朋友我才跟你说的"，她跟不上阿霞的高速思维，只能说"哦"。

结果，阿霞也和文生一样，扔下一句话，不着急，你考虑两天。

呵呵，这些残忍的话是得找个人来捎，卢卢这种对感情这么认真的好男人，怎么舍得开这个口？

那两天，周允的心里翻江倒海。阿霞有意避开她，周允一直得秦教授关照，可以随时借用艺术系的画室，那天阿霞正好也来赶作业，看到周允，就扛着画板挪到隔壁一间去了。周允手里握着画笔，在油画布上胡乱地涂抹，竟然画出了一个人像，线条和轮廓都是模糊的，似幻似真，就像梦里看到的人那样，脸看不太清楚，但又觉得像谁，秦教授正好进来了，问，你怎么知道我的下一个作业要布置梦境？

啊？周允不知道。

用色还可以更大胆一些，他说着，便离开了。

周允给背景覆上一层深邃的普鲁士蓝，然后那个模糊的人像逐渐像一个人，越看越像：魏叔昂。

她为什么要画他？

叔昂，你说得对，还好你没来，华光一点儿也不好。周允掏出手机，给他发了条短信。

这不就是你想要的吗？魏叔昂回复短信的速度还是和过去一样快。

这个毒辣的人，还是一样说着毒辣的话，这话谁都可以说，唯独你不能说。周允苦笑两下，把他的号码从通讯录里删除了。

第二天周允托阿霞转告卢卢，还是算了。

周允还说，如果卢卢需要周允还这一年以来问他借的钱，她会慢慢还给他的。

阿霞说，那他还不至于这么没风度，他在华光接济了这么多人，难道都要讨回来？阿霞还向她透露，这其实是卢卢的一种投资策略，将来如果你们中有人成功了，多少是一份交情。

呵呵，原来如此。

后来，卢卢便从周允的大学生活中消失了，他一消失，连阿霞也跟着消失了，不知为什么，周允很少再在画室见到她。也是今年周允开画展的时候，他们不知怎地也想起周允来，是阿霞联系周允的，她已经回成都老家了，在一家设计公司做平面设计的工作。她说，卢卢要结婚了，他托我问你，你要不要去观礼，上海有安排仪式的。

周允在电话这头无力地笑了笑，说，不去了，这段时间实在太忙了。

她又告诉周允，卢卢娶了个温州富商的女儿，也是华光的，和他同年。

那很好呀，你帮我恭喜他。周允说。

5

周允被华光提前录取这件事多少令父亲那边的亲戚有点弹眼落睛，大姑妈用一种掺了米醋的赞叹口吻说："哎哟，冰莹，不枉你投资这么多年，总算有了点成绩！"小姑妈那个与周允同年的儿子已经很争气了，高考超常发挥，进了师大，可到底比不上被华光提前录取这么风光，她终于找到令她心理平衡的地方，她说，"哎哟，进的是英文系，读文科，将来不好挣钱喏。"

当老师就能挣钱吗？那时的周允在心里嘀咕着，并不知道这句话有一天会伤了自己的心。

但那时的周允沉浸在细细的喜悦中，母亲特地到街口的理发店花百把块烫了个头发来赴这趟家族宴会，轮到她观赏她们了，一个个的，统统在嫉妒她。可她们的嫉妒是如此重要，正是因为她们嫉妒，她母亲才快活。

周允恨透了这帮子亲戚，要不是她们，她母亲和她万不会堕入后来的万劫不复之地。她们嫉妒过之后，就等着看周允她们出丑。她们一定是盼星星盼月亮一样地盼，而后，真的给她们盼到了，她妈被查出脑瘤。

那是周允迄今以来最无助的时刻，她母亲的核磁共振报告通过一些关系在华山医院的神经外科传来传去，可没有一个医生敢动刀，有些医生一看片子，就示意要她妈先到外面去，他想单独和她爸谈，她妈不愿意，她说，有什么事情直接告诉周允，我承受得住。

医生说，你不能动手术，动这个手术要死人的，你知道吗？

她妈妈像赌博似的，今天选择伽马刀，明天又想动手术，她问她爸，伽马刀好吗？周允爸说好。第二天又问周允爸，动手术好吗？他也说好。

呵呵。

最后她妈还是狠下心肠决定动手术，她要搏一下，她觉得她没那么薄命。可说是这么说，她心里害怕，周允是知道的。她是在周允大三的暑假住院的，周允每天都去医院陪她。那个病房的风水很糟，最里面的病床绿色的帘布总是拉上的，一天到晚都能听到时断时续的呻吟，"痛死了""我要死了""让我死吧""受不了了"……有一天那块帘布拉开了，像舞台的帷幕终于开启，一个手上插着吊针的瘦骨嶙峋的年轻人走了出来，跟在他旁边的大概是他的母亲，抬高手为他提着盐水瓶。他们看到，那个年轻人的右边脸上垂着一个巨型的肿瘤，像小孩憋足力气吹的最大号洋泡泡，而且这个脸上的肿瘤一直和脖子连起来，挂得很牢。他走了之后，护工介绍说，这个人作孽，才十七岁，已经生了恶性胶质瘤七年，痛起来要来医院打吗啡的。隔壁的松江老太七十多岁，从鼻子这边动手术取出垂体瘤，原本是个小手术，可推进手术室里就没有出来，据说是家里人不懂，在重症监护室里给她喂了一口水。还有对面的二十七岁的姑娘，原本也说是小手术，可是推进手术室，脑壳打开，才发现手术之前预想得太简单，她的脑结构盘根错节，简直是克里特迷宫，她在重症监护室里待了两天，终于还是走了，抛下年迈的父母。

要轮到周允妈了，她脸上永远吊着微笑，可是心里怕，因为她一怕，多年没来的"老朋友"就濡湿了她的裤子。

于是手术往后顺延一周。

比起这，让周允更感到厌恶的事情是看见母亲原来打工的青浦工厂的厂长，还有父亲那边的亲戚。那位大腹便便的厂长在一个助理的陪同下前来探病，放下一个红包，出去抽了一根烟，再进来病房。周允母亲说，等她动完手术还想回去上班。他却说，你先养好身体，其他事情往后再说。

和母亲同去青浦工作的一个同事也在场，厂长走了，那位同事气不打一处来："你说你做牛做马为他卖命算什么？他来了连句客气话也没有。我们在那里过的是什么日子啊？一日三顿的伙食加起来只有十块钱，你还二十四小时不关机，把手机搁枕头边，一接电话就起来。半夜才睡下，早上四点就爬起来到车间里巡视。到头来,生了毛病都是自己的。"

然后她自说自话地拿过红包,拆开说要看看有多少钱。"哦,一万元,算他还有点良心!"

周允知道,母亲不是为了他卖命,而是为了供她念华光。

术前医生循例要告知家属手术的风险,那个年纪轻轻的住院医师说得好恐怖,碰到左边的神经眼睛要瞎掉,碰到右边要失忆,碰到脑干则要永久性全身瘫痪。他还说,有两套方案,如果第一套方案能成,那就最好不过,万一不行,要开第二刀,开了第二刀,就要打钢钉,这些钉子全是进口的,要多少多少万,周允听了脑袋一片轰鸣。

父亲那边的亲戚都在,她们像一群火烈鸟一样围住周允爸,问他,要这么多钱,你想清楚没有?不动手术,现在还来得及!

周允永远都忘不了那一幕,大伯母凑得最近,她叫周允爸不要一时冲动,可以再想一想的。最主要,这些钱你有准备吗?

大伯母的父母在郊县的私房前不久动迁,她一人就分得两套半的商品房,她怕因为她手里捏了房子,他们都在想她的钱。

周允看到父亲在犹豫，他的脸上沁出汗来，因为他犹豫，周允更肯定，他和她妈之间是没有爱的。周允预备上前给他一个口令，动手术，签字。她拨开那群火烈鸟，还有一个人和她一同拨开这群火烈鸟，是她的姨妈，她说，不够先问我借，我家还匀得出一些，救人要紧。

于是他的右手才不抖了，签了字。

母亲因为"老朋友"回家休养一周，然后重回到病房里，重新剃头，抽血。病房的人洗牌一样重新换了一拨，没有人在乎这里原先住过谁，或者死过谁。床单一换，就当什么都没有发生过。新一拨人带来全新的气象，手术都是顺利的，没有听说什么意外，周允母亲说，看来风水还是有讲究的。

她母亲的隔壁床还住着一个十岁的小女孩，他们喊她小青青，她的头被肿瘤撑得异常的大，可她眼睛也好大，扑闪扑闪，喜欢笑，讨人喜欢。她是从江西农村来的，她的父亲每天中午和她一起吃一大盒豇豆拌饭，大家都为他们感到苦，她却笑嘻嘻地说，她最喜欢吃豇豆了。她痛起来会握两个小拳头当榔头使，拼命敲自己的头，可是她似乎不痛的时间多，永远咧着嘴笑,这笑容像湖水一般明净。

她的手术也很顺利,手术做完的第二天,护士来催手术费,她的父亲中午吃过饭后便出去取钱,请他们这些病友的家属帮忙照看他的孩子,他很快就回来。他一直没有回来,十二点刚过就走了,到下午四点还不见回来。旁边开始有人揣测,会不会付不出钱,把孩子索性扔医院里了?他一说,四周的人就开始附和,不是没有这个可能,他们家不是已经养了个弟弟吗?肯定就是做好这个打算了。

他们说话的声音不响,可已经足够清晰地传进小青青的耳朵里,她坐起来,腰板挺直,像一只獴那样,盯着病房的门口,一有人影进来,她就浑身一紧。四点半了,还没有回来,小青青的脸充着血,可她没有哭。五点,还没有回来,旁边的人说,五点钟了,银行都关门了。她还是盯着门口,没有哭。

五点半,就在谁都以为这个孩子将被抛弃的时候,她父亲回来了,说银行人太多,排了很长时间的队,然后回来的时候又迷了路,问了很多人才找到。小青一把抱住他,哭了。他或许都不知道小青青号啕的真正原因。

周允恨这些说三道四的人,他们为什么偏要说这些话?

倘使有一天小青青的爱逐渐变异为恨，都是因为她听了这些话，而这些说三道四的人却无须担责。

新安排的手术日恰好和周允的生日撞在一起，她母亲万万不肯答应，她说这怎么可以，这对周允太过残忍，周允告诉她，不会有事的。

那群火烈鸟隔天就来，来了就唧唧喁唧唧喁叫个没完。大姑妈说，哎哟，你看我对你多好，我给你带了几只猕猴桃，猕猴桃营养好，你不要不舍得，你吃哦。大伯母说，我帮你带好东西来了，海参，很贵的，我自己也舍不得买的，来，你吃。小姑姑说，我帮你熬了点乌骨鸡汤，我一早起来熬的，你看，我多想得到你啊。

呵呵。

周允母亲担心自己过不了这一劫，她在手术前一天硬是要和周允单独出去散个步。她们从华山路走到美丽园再走回来，十指紧扣，她母亲不知怎地，忽然低声对她说："其实我可能不是你外公的女儿。我可能是我叔父的女儿。也不知怎么回事，叔父在我家住过一阵子，那时候你外公正巧出差。

"一次你外婆外公吵起来我才知道。填高考志愿表的时候要写父母的名字,我没写。

"后头想起来,六七岁时我回常熟老家,叔父非常宝贝我。回乡下要过一座老陡的拱桥,天下雨,桥上有烂泥,很滑,他提着大包小包,又牵着我,只有一把长柄伞。他就让我撑着伞立在原地别动,他淋雨把东西先拎过桥,搁在那头,再回过来抱我,其实我可以自己走路,但他硬是要抱我过去⋯⋯"

周允不知道母亲为何要对她说这些,叔父和外公都已经故去了,前脚后脚走的,得的都是肝的毛病。那晚周允走之前,她说,妈舍不得你,妈是十九岁就没了爹,我不希望你也一样。

她还说,妈怕明早来不及,妈先祝你生日快乐。

周允强忍着泪,走出住院大楼外才敢放声大哭。

那一晚,周允睡不着,她听见她的父亲还在灶披间里洗衣服,没完没了地洗衣服,好像有洗不尽的衣服。周允偷偷爬起来,她知道玻璃橱的最高一层内侧贴了一张卧佛像,是她的大姨妈从庙里请来的,说是镇宅。她母亲向来不信这些东西,也一直调教周允要相信人定胜天,可听说佛像请回来,就要供奉好，不然不吉利，她母亲就把那张卧佛像贴在玻璃橱里，平日里用一匹陪嫁过来的唐三彩瓷马半挡着。现在，周允踮起脚来，小心地把瓷马往旁边挪了一点儿，让卧佛像露出来，卧佛的眼睛虽然是闭着的，嘴角也没有微笑，但却给人一种慈眉善目的感觉。周允历来都分不清神、佛与仙的区别，她以一种中国人特有的大一统观念来应对各类神明，她觉得他们都是一家的，中国的神或外国的神。此时此刻，她给卧佛磕头，她希望神存在，她向神祈求，请祂保佑她母亲手术顺利，一切平安，只要她活下来，活下来就好，周允会努力成为她希望她成为的人，请神保佑，只要她活下来，即便全身瘫痪，周允也会照顾好她，周允希望她能亲眼见证这一切。

周允磕完头以后还是跪着，一直跪着，跪了很久周允才想到，神是需要取悦的，祈求神的降临是需要牺牲的。

古希腊神话中，雅典人为了向米诺斯求和，每隔九年要送七对童男童女到克里特岛；埃塞俄比亚王后卡西奥佩娅得罪了海神波塞冬的妻子安菲特利忒，为了平息神的愤怒，只能献祭自己的女儿安德洛美达；迈锡尼国王阿伽门农惹恼了月亮与狩猎女神阿尔忒弥斯，唯一的办法是献长女伊菲革涅亚作为牺牲；《圣经》中记载耶弗他为了战胜亚扪人，向耶和华许愿，愿献女儿作为燔祭……

很奇怪，人在危难的瞬间，头脑反而会特别冷静，像一台计算机，就如此刻的周允，脑海中竟然清晰地浮现出英语专业考试前临时抱佛脚背下的处女献祭传统来。可是，她已然失去了处女之身，她是不够资格献祭的。她想着自己身上还有什么珍贵的东西可以博得神的青睐，思来想去，只有两样，一样是秦教授称道的画画的灵性（那也是神赐予她的吧？），还有一样是周允迟迟没有得到的真正的爱情（在神面前，周允骗不了自己，她渴望一场真正的爱情）。周允权衡着，在自己的脑海中投掷着硬币，最终，周允选择：

神啊，我用今生今世的爱情来换我母亲的平安无事。

神啊，请你拿走我这一世的爱情，赐我母亲平安。

神啊，我母亲是为了我才得这种病的，请可怜可怜我，拿走我的爱情吧。

第二天，鬼使神差般的，母亲的手术异常顺利，主刀医生说那块瘤很软，一碰自己就掉下来了，所以什么神经都没碰到。

周允为母亲感到高兴，同时她也清楚，她此生的爱情已经牺牲了，没有了。

母亲麻醉药退了后的第一句话是：小允，妈妈没用，为了这场病，家里的存款又耗光了，大概还欠了你姨妈的钱，往后妈只能靠你了，你要给妈争口气。

6

而今冰莹是骄傲的，爷爷在周允大学毕业前夕病逝后，她借着照顾奶奶的名义经常去奶奶家，她每天早晚搽雅诗兰黛的精华，欧莱雅的眼霜，浑身散发着因为富裕而容光焕发的气息。她带去奶奶家的物什也很好，像姨妈家一样，全都是进口的。

她会跟奶奶说，哎哟，这是在进口超市买的，日本的巴旦木脆饼，你从来没吃过，我特地带过来让你尝尝。巴旦木营养很好的。

奶奶是个老实人，喃喃说，很贵的，下次不要买。

有啥？现在这点钞票还捏得出，老阿爸没福气呀，你有福气，你吃，其他不用去管。

奶奶就改口说，谢谢，谢谢。

这让周允母亲快活，更让她快活的是，奶奶家类似小区广播站，她是过去收听最新的风声的。

"小允啊，你知道吗？这次帮佣阿姨回来，你大姑姑那边闲话麴太多哦！"

"他们讲啥？"周允问。

"哎哟，他们讲阿姨这也弄不干净，那也弄不干净，挑三拣四，意思就是，他们要自己照看你奶奶。"

爷爷病逝前，奶奶就脑梗过，半边风瘫，一直以来，她们都请一个安徽籍的阿姨照看她，阿姨年逾六旬，来自农村，动作不太利索，可是人很淳朴，不会欺负奶奶，也不会乱花钱，当然，她的工资也便宜。

"就是这趟阿姨过年回去呀，我们不是把原准备另请阿姨的钱给你大姑妈了吗？她大概赚得开心死了，想你们给外人赚，还不如把钱给我赚。本来这也没啥，可你知道你大姑妈这人，让她照顾怎么还得了？"

周允理解母亲的意思，大姑妈大姑父那一家的事情她母亲也常当笑话讲给姨妈听。两个人其实原本是四个孩子家日子过得最好的，大姑父年轻时曾被公派去过两次乌干达，挣了不少钱，加之他们自己买了一套房，又从爷爷那边讹了一套房，条件不差。可你绝对想不到，他们是怎样节省的人！周允妈说到这里，往往是从眉宇间挤出一朵太阳花似的笑容来，阿娘家的菜是他们烧的，基本都是素菜，荤菜几乎没有，上一趟，难得买了半只盐水鸭来，你晓得是啥？超市里快要过期的处理品，吃得阿娘腿脚也拉软了，他们嘴上说得好听，说阿娘年纪大了，不能多吃荤菜，对身体不好。以前老阿爸还在，后来年纪大了，烧不动，大家不是每年到外边饭店吃年夜饭么？他们和老阿爸住在一个小区，按道理叫一部出租车，一道去饭店，不是应该的吗？一年就这么一次，到了饭店门口，二十块钱的差头钞票，他们会问老阿爸讨回来。还有喏，现在阿娘那里的金施尔康不是我们买的吗？她（大姑妈）买过一次，跟阿娘说，妈哦，这次的金施尔康我给你买来了哦！阿娘每次收到物什都会客气一声，说，钞票够不够？拿点去哦。你猜怎么着？她真的从抽屉里把买金施尔康的五十块钱拿回去了！

……

周允妈说："应该讲起来，女儿照顾娘，肯定是最好不过。可是你大姑妈，过年时候，我们过去，连点水果都没有，菜都是我们带去的那些，她自己买了些啥？就一点素菜。

"这趟好笑了，她说，现在四个孩子家是他们家最穷，她说你赚得多，还买了一套房，说你大伯家分到了两套半房子，说你小姑夫的工作也不错的，现在已经升经理了，就他们家最可怜，因为你姗姗姐挣钱不多。她还说啊，照你大姑父家的规矩，经济状况好的家庭应该接济一下经济状况最不好的人家。你讲讲看好笑吗？"

周允听了也鼻孔冒烟，反问说："原来大姑父家里有这个规矩啊？他们不是趁他们老爷子两腿一伸就快点分家，连在外地的老三也不管吗？"

可周允母亲说这话的时候与其说是生气，不如说是得意，她的得意荡漾开来，她的双手再一次叉起腰来，不知道对谁说："哼，要怪，就怪你自个儿养了个不争气的女儿！"

回想起来，周允终于知道为什么这个社会人人都盼着有钱，人人都盼着成功？成功的人好歹有资格健忘，譬如她母亲，她早已轻易地忘记周允刚从华光毕业时的情形，四处碰壁，走投无路，她不知道的还有，周允差点儿就了结了自己的生命。

那两任嘴脸讨人嫌的辅导员竟然没有说错,这年头就连华光的毕业生也很难找工作了,或许本来就没有人许诺说华光毕业的学生就一定会有好去处,全都是她母亲的一厢情愿,异想天开。周允毕业那年还恰好碰上金融危机,大四一开学辅导员就揣着一本厚厚的校名笔记本,记录他们的毕业去向,是工作,考研,还是出国?听到他们中的很多一说考研或者出国,她的眉头就舒展开,倘使听到这个学生要找工作,她会盘问更深入的细节,譬如打算去什么行业,有没有已经开始在那里实习?另外,你的家人有没有可靠的人脉可以帮你?最后一个问题是她最强调的,和华光的所有人一样,她喜欢用"人脉"二字代替"关系",她还在班会上把这一建议提上台面:找工作的同学要尽可能挖掘家里的一切人脉,不然很难。

确实,这个时候才发现"人脉"的重要,同系的阿宣从来没有投过简历,她的阿姨已经帮她把路铺好,在大家都去报社笔试的时候,她已经进入了最终的面试环节,而且她的阿姨已经跟她咬过耳朵,不用紧张,招呼打好了,走走过场而已。小远的两个银行笔试时间冲突了,她麻利地打个电话给她爸，问道，爸，X行和Z行的笔试时间撞到了，你在X行有人吗？那Z行呢？哦，好的，那我就不去Z行了。后来，她果然也进了X行。

一切于周允而言变得十足的艰难，谁让她花了太多时间在艺术系的画室（也没有多捞一个学位），加之大三暑假没去实习，简历空空落落，一比就被比下去了。天意弄人，周允好不容易拿到一家全球五百强企业的复试，却突然遭遇从未有过的痛经。

周允知道母亲的忧虑，她看到周允焦虑、着急，一直哭着自责，说，你不应该管我的，就按照原先计划好的去联合利华实习，都是我害了你。而今周允手里终于握住这个复试机会，出门前她反复让母亲安心，告诉她这家公司她已经去面试过两次，见过人事和部门主管了，她们都对周允非常满意，还说这个委培生的项目要送去香港培训，让她回家准备好收拾行李去香港呢！这次的英语笔试，她势在必得。

直到拿到卷子坐下才觉得天晕地转，狭小的办公室俨然幻化成一艘遭遇风浪的帆船，紧接着腹部剧痛，宛若有无数只蜈蚣说好了一二三同时张嘴啃啮，汩汩暖流喷涌而出。周允紧紧抓着铅笔的笔杆子，就像抓住帆船的桅杆，她继续集中精力在那些英语的案例分析上，用眼睛死死盯住它们，让那些变得模糊准备逃之夭夭的字母又重新对焦，回到它们各自的位置上。可是那些蜈蚣势必要和她作对，她的眼睛和手指越用力，它们就咬得越深，从她的表皮一直啃啮到她的骨和肉，然后，她感到下体山洪暴发，她的腿软了，手也软了，她撑不住了，举手示意，说要去厕所。

她的脸色一定白得像一张打印纸，因为负责监考的那位女主管踩着高跟鞋匆匆向周允走来，问她，你没事吧？

周允轻声说，没事，是"老朋友"来了。

主管让外面某个办公桌被三面挡板层层包围的女同事扶周允去厕所。

厕所是华丽的，TOTO智能马桶，内墙还有意刷成温暖的橘色，从天花板上的扩音器传出轻缓的无词歌，是为了掩盖抽水马桶发出的"不够文明"的响声吧？周允知道这一切注定与她无缘，因为她一坐上去，就觉得自己要沉下去，沉下去。她一定坐了太久，久得连外面负责打扫的阿姨都担心地塞进一整包卫生巾来，问，小姑娘，你没事吧？

我没事，周允说着，她觉得她干涸的嘴唇相互摩擦，像两块砂皮。

血流不止。周允又坐了许久，发麻发软的腿脚没有支撑起全身的气力。

高跟鞋声近了，两个女员工问周允，没事吧？

周允还是说没事，再过一会儿就出来。

周允也穿着高跟鞋，穿着正装，有意地效法她们的着装，到现在才觉得别扭，她一站到高跟鞋上，就如履薄冰。

出来后，人事主管已经把周允的东西全收在包里了，递给她，说了句抱歉的话。

周允笑笑，接过包，踩着高跟鞋一步一步走向电梯。

她原本想争取一下的，回头问能不能再给我一次机会，这些题我都能答，你们面试过我，知道我的英语没有问题。

"这个小姑娘真是作孽，面试的时候觉得挺好，没想到身体这么糟糕。"

"身体这么差，招进来不是我们倒霉吗？"

周允听见她们这么说，就明白什么都不用再问了。

走出办公大楼后周允打电话给母亲，向她抱歉，说真的是从未有过的剧痛。她问周允你现在好些了吗？能重新回去考试吗？周允说她还是很痛，打电话的时候她正坐在楼下的花坛台阶上，腿是软的，走不了。周允本来想请示能不能打车回来，可说不出口，她只是问，我乘地铁回来，你能不能到地铁站接一下我。

你自己走不了吗？周允母亲冷冰冰地问。

周允没有回答，腹部仍是一阵绞痛。

就几步路的工夫，你自己走回来不行吗？周允母亲又问了一句。

行啊，那我自己回来。周允说着，挂上了电话。

那是在陆家嘴，棱角分明的玻璃大厦，行色匆匆的穿西装的人，只有她一个闲人，坐在花坛边上哭，没有人看见，也没有人在乎。

周允很想掏出手机打电话找个朋友随便聊聊也好，但必须是听得懂她的处境的人，她想起了叔昂，可她的手机里已没有他的电话了。

最后周允没有去成母亲满心期盼的全球五百强，也没有去成四大会计事务所或咨询公司，而是到一个国际高中去教英语。

这下可高兴坏了小姑姑，她的儿子师大毕了业进小学做了老师，虽然在国内这个等级分明的体制下，小学比起高中来毕竟还是底气不足，可周允的小姑姑喜欢说："你们两个老师多交流交流呀，而且你们都是教英语的！"

周允妈心里一定不甘心，她自从周允搞砸了五百强公司的复试，嘴上变得越来越琐屑，越来越犀利，"高中和小学可不一样，小学教 ABCD，高中可不用教这么初级的东西了！"

就连周允也瞧不起自己。

记得去高中复试的时候，门卫问周允是不是师大毕业的？周允说不是，是华光的。门卫显出很惊讶的表情，他说，那你赶紧找别的工作去，学校庙太小了，不适合你们名校的毕业生。

呵呵。

毕业后的三四年间周允几乎切断了和所有同学老师的联系，中学的，大学的，他们倘使知道，一定乐呵坏了，这个不可一世的周允，她上了华光，最后也不过如此，高中老师，呵呵，不就和陈巧一样？

秦教授打过一次电话给周允，问她去哪里工作？她无地自容，吞吞吐吐，把学校的名字报给他。

他竟然说很好啊，学校也很好啊。他还说，那你工作之余记得别扔掉画画啊。

周允嘴上应和着说好，赶忙挂上电话。

唯一还一直和周允保持联系的朋友是朱玫，周允一直以来借她的地方存放自己的画作。她的母亲是企业的高管，她有太多的皮包和皮鞋，别人送的，自己买的，家里实在堆不下，家里的房子越换越大还是不够堆，于是她就专门租了个仓库放，朱玫告诉周允那个仓库大着呢，你把油画放进来吧，你家这么小，怎么能放？

是的，周允家很小，三个人蜗居在一室户的房间里，周允躲不了周允母亲凛冽的失望的眼神。

然而朱玫并不懂得周允，周允跟她说过华光都是一班想成功想疯了的疯子，她却说华光很好啊，是周允身在福中不知福。她告诉周允她们理工有个出了名的同学外号"考华光"，年年参加转学试，年年失败，已经三年了。她说，这才是真正的疯子。

周允告诉她自己去学校工作，有意没有多说什么，朱玫也只是说，当老师很好的，有寒暑假。她说她就惨了，要去咨询公司上班，听说老是要加班的。

除了周允没有人知道每天去学校上班的滋味，表面上带着笑，实际每天起床都充满着对自己的嘲笑和厌恶。自从去了这所中学上班，她母亲已经对周允置之不理了，她以沉默表达她的愤怒，她还是会起来给周允准备早餐，会目送周允出门，可是她一句话也不说，像一个幽灵，站在一边，看着周允。

周允想过逃跑，尤其看着中学每一天都在鼓励新一拨年轻的学生要规划好三年的高中生涯，学业成绩和课外活动一样都不能落下，告诉学生上常春藤不是梦，甚至在高二的时候就请世界五百强的高管来为学生做职业规划的讲座，告诉他们如何才能保证名校毕业后去到五百强或咨询公司上班，她透不过气来，她想跑。

她只有在午休时分才能走出校园。一跨出校门，她就有种终于冲破牢笼的感觉，看到了高高在上的蓝天和白云，看到了近旁趴着晒太阳的阿黑和阿黄，她艳羡它们，可它们似乎并不领情，仰头勉强地瞥她一眼，明白不是什么威胁，又闭上眼睛，让眼睛上层叠的皮毛耷拉下来。她最多是到附近的街心花园走走，那里有新建的健身步道，一半在阳光下，一半在阴影里，中午没什么人，只有零星的麻雀偶尔会飞到她的身前，也不喧闹，片刻的宁静对她而言是重要的，可只能走两圈，不然要误了工时，她的学校进出校门都是要打卡的。

她试过逃跑，在一个周二的清晨，周二周允全天没有课，可还要按时上班。那一天，周允把身份证塞进皮夹，带着皮夹里仅有的五百块钱乘上公交车，去往上海火车站。周允没有找到高中时叔昂带她走的小路，或许是火车站翻新过，道路拓宽过，周围盖起了很多高楼和星级酒店，她很快就看到"上海火车站"五个红色的大字，看到拖着大包小包的迷惘的人群，操着各自的乡音，拖家带口，他们怀揣着各自的梦想，来到这里，望一眼"上海火车站"，知道终于到上海了。偶尔有几句话飘进她的耳朵，一个鼓励另一个要有信心，说这里是大城市，成功的机会多的是。

一夜之间，所有中国人都罹患了"成功癌"。

周允随人潮往火车站里涌动，她想去一个没有人认识她的地方，重新开始，随便做什么都好，她也要挣大钱，然后回来让母亲看，你女儿是争气的。

她想到云南，她排在队伍的最末，揣着皮夹里的五百块钱，四处张望着。

忽然，周允看到一个熟悉的身影，黑压压的人群中有个熟悉的身影，他逆光站在火车站的某个出口前，她的身体不听使唤——她追过去，想喊住他，他忽然转身，往前方的光亮走去，那道光亮忽然变得强烈而刺眼，周允本能地用手遮了一遮，追随他的背影，他不见了。

周允追出去，一直追着，直到确认她失去他了，直到那一刻她才发现这可能只是她的幻觉，人来人往，她怎么可能这么清晰地看到他呢？

她已经走到了火车站的南广场上，想起了他最后回复她的短信：这不就是你想要的生活吗？

呵呵。

那天，周允还是回去上课了，她到底还是周家人，和他们一样胆小懦弱。办公室里的同事没有人问起她为何迟到，可周允中午吃饭的时候还是免不了此地无银三百两地解释说，早晨因为胃痛，去看了医生。

没事吧？他们习惯性地接话问道。

没事。周允笑笑说。

那个晚上她还试过用被子把自己蒙死，很简单，就把被子盖过自己的脑袋，然后把双手反剪在自己的背后，以防自己挣扎。呼吸越来越炽热，越来越急促，她告诉自己一切快要结束了，我死了一了百了，不用给我妈丢脸。可是原来自己是无法蒙死自己的，因为在最后一刻，求生的本能还是会冲绝一切，手会从脊梁骨后面溜出来，会偷偷掀开被子的一角，新鲜清凉的空气进来了，生命在苟延。

那些日子，属于暗夜的声响又回来了，很偶尔地她还会依稀梦见那个被火烧的女人，但是不清楚，醒来便忘了，只有恐怖的感觉是真实的——她一醒来，就听到满屋窸窣的声响，无数蠕动的夜行动物。她怕，像猫狗那样乍了毛，不敢起，也不敢睡。她唯一的解脱方式就是索性不睡，在家里狭小的厕所间架起画板，坐在马桶上，重拾画笔。只有在那一刻她才能忘掉自己，忘掉生命，忘掉一切。

那组大三无意识动笔画的《梦中人》，周允又连画了六幅，她喜欢彻夜作画引起的虚脱感，身体变得轻盈，只有脖颈和右手胳膊是酸痛的，但是酸痛又让周允感到某种适宜——她甘愿遭受某种肉体上的刑罚，谁让她这么没用？母亲已经不会像过去那样催她注意身体，早些歇息，反而是父亲，半夜装作要用厕所，让周允收一收，待她收好之后，他说，周允，很晚了，明天还要上班。

这种时候周允会照做，在沙发床上侧躺下，独自面对属于她的暗夜。

朱玫是最先看到这组画的人，她惊讶得把嘴巴张成了"O"形，她说，不会吧，你心里还想着他？

周允说，这你都能看得出是他？

是啊，你画的就是他呀，只有他喜欢这么站呀，一只手插在裤袋里，连背影都能看出这家伙目中无人。喂，你心里不会还有他吧？

周允笑了笑，说没有，只是第一幅《梦中人》自然而然地画了他之后，发现他的背影还蛮有感染力的，挺适合这个系列的主题。

于是就有了七幅这样的作品，梦中的叔昂永远是倔强的背影，歪戴一顶帽子，左手插在裤兜里，右手的食指和中指间夹着一根燃烧的香烟，他站在义乌的小商品市场前看着垃圾般的小商品蜿蜒如河流，他站在上海的摩天大楼楼顶俯瞰火柴梗似的都市，他站在弃置不用的郊区工厂前和身穿湛蓝色工厂工作服的鬼魂握手，他站在学校门口撕录取通知书，纸屑被他抛撒在空中，如雪如樱花，他站在证券市场里看着形色各异的股民，边吃盒饭边死死盯着屏幕的，相互拉扯领口的，开心得猛拍身边人的头颅的。她把证券市场画成了动物园的样子。他站在人民广场相亲角前，看着大雨把贴在雨伞上的相亲简历打湿，而老人们默默等着，淋湿了全身，唯独不舍得撑伞。还有一幅，那幅画里，普鲁士蓝的背景映衬着他孤独的背影，他的前方有一扇幽深的门，光亮从尚未被他挡住的缝隙里透出来，周允在他的身前藏了一个太阳。

那年周允正好看到台北双年展要征集全球青年艺术家的参展作品，她纯粹抱着买福利彩票的心态，把作品送展，竟然选上了。虽然在台北，可不少内陆的策展人都去看了，她的这组作品似乎引起了他们的瞩目。然后就开始有策展人问能否展出周允的作品，有画廊问周允要不要和他们合作，画一些在他们那边寄卖，还有杂志社问周允要不要给他们画插画。周允几乎是来者不拒的，起初是想用画画麻木自己，把下班和周末的时间全耗上了，可以不用去想别的事情，她所付出的代价是，一到二十五岁她就老了，肤色暗黄，法令纹很深，痤疮一波未平一波又起，但只有她看到自己的这般面目，旁人反而觉得她更亮丽更迷人了——因为她用起了高档的化妆品。她每晚卸妆的时候会对着镜中的自己苦笑一下，叹一口气，这些叹息化作银行账户上的一行行数字，她给她母亲看，她母亲看到了，往日的欣喜和希望又回来了，她问周允，你画画挣的？周允点了点头。之后周允下班一回来，她就知趣地把电视的声音调小，送一杯参茶到厕所间，让周允补补身体。

二十六岁开画展之前，周允问母亲银行账户上有多少钱，她母亲根本无需翻看银行账户，都记在了心里，立即就把总数报给周允。周允说，你们去看房子吧，大概够付首付了，贷款那方面不用担心，我可以赚的。

签下购房合同的那天，冰莹第一次对周允说，小允，还好有你帮妈争这口气。

7

冰莹得神明挽救之后，周允每年的大年初一就会和母亲一起去家附近的庙宇参拜。以前是不知道的，大年初一来庙里烧香的人竟然有这么多，里三层外三层，两部警车一头一尾横过来把道路拦截，民警站在路口疏导人群，庙宇的六个售票小窗统统打开，手持黄色参观门票的香客走进庙宇，检票的人不再费事地撕下入场券，把票根还给香客，而是直接抽走撕烂，挥挥手喊着"进去"，不耐烦地，散落一地的黄与白的碎屑。

请香也是一场战争，售卖的商铺门口累叠的至少三道人墙，没有成形的队伍，靠人挤进去，付钱，然后把粗壮如椽的线香高举过头再出来，这活儿现在是周允做的，母亲手术过后身体较过去羸弱很多，一有风吹草动就感冒发烧，周允身形也是瘦瘦的，可她告诉自己，她要还愿，菩萨对她有恩，她就勇猛地闯进去，紧挨着某个嗓门最大的中年妇人，把瘦骨当武器杀出一条路来，中年妇人还未请好，周允就手捏着纸钞早早地伸在她身旁，这个样子固然全无仪态可言，可不这样请不行，儿时周允挤公交车的时候时常让别人先上去，自己往后退，冰莹告诉过她，你这样，永远也上不了车，哪怕上了车也没你的位置了。

母亲和她一起跨进每一座供奉菩萨的佛祠，她们几乎分不清每一位菩萨的分工，她们仍然以为所有神都是一家的，西方的神和东方的神都认识，她们要借由菩萨打一声招呼，谢谢天上的神明保佑，她母亲平安无事。

人活在世间总有无数的欲念，才会有这么多香客前来参拜，很多香客一看平日就是不信佛的，进了寺庙仓皇地取下胸口挂的十字架，还有很多人连磕头的姿势都不对，不晓得哪里别扭，活像只张牙舞爪的青蛙，可他们也不会错过大年初一的清晨，一年一次，可保一年的平安，划算。周允还看到有一个参拜位前的队伍特别长，那是个很小的位置，甚至都不是一座完整的佛祠，她母亲感到好奇，像在超市里看到人群簇拥的柜台的那种好奇，生怕自己错过了什么，买一送一？还是免费试吃？她们先绕到前面一探究竟——原来，这里有座半人高的送财童子的像，前面也摆了块黄色的蒲团。

周允从不祈求发财，那些临时抱佛脚的人不懂，祈求是需要牺牲的，他们的欲望越大，神需要他们付出的代价也就相应越大。周允跪拜的时候喃喃说着，感谢您保佑我母亲健康，请您继续保佑她的健康平安——即便在她最为焦头烂额地找工作的时候，她也没有祈求神的额外赐福，她说，为母亲争气那方面，我会靠自己努力的，这一点不用您帮忙。

在今年的大年初一，他们乔迁新居之前，母亲小心地取下玻璃橱第三层内侧的卧佛像，用三层红纸包好，在去庙宇里参拜的时候，冰莹把那张包好的卧佛像放在了千手观音像前的敬奉祭台上。母亲听人说，如果佛像不要了千万不能随便丢弃，须用红纸包好送回庙里，不然不吉利，周允听到母亲不想要这座卧佛像的照片了，心头涌起一缕小小的不安，但她没有提，她也从没有告诉母亲她偷偷对这座卧佛像说了些什么，她看着母亲包好，看着母亲恭敬地把佛像放在祭台上，做了个揖。

脑膜瘤复发的时间界限一般是五年，到了今年，刚好平安度过，冰莹已无需神的庇佑了。

现如今的周允打三份工，除了原先那份教职之外，她还和一家小有名气的画廊签了八年的经纪约，每个月可以从画廊领一万五千元的工资，画廊也提供给她一间工作室，条件是她的油画画作必须独家供给这家画廊展示，每年至少画十五幅新作，所有画作画廊拥有半成的版权。余下的时间，她还给各种媒体画插画稿。她母亲现在喜欢有意无意地当着人面透露她赚得很多，当然她母亲不会直白地说女儿每个月的具体收入，那太直露，无法达成既让人眼红又让人心痒的效果，她母亲会说，哎哟，我们每个月房贷就要还一万二呢，比很多人收入都高，哎哟，都是小允不好，干吗要买中环内的房子，我跟她说外环内的也可以呀，她就是不肯，说我是个住惯上只角的人，会不习惯的。她母亲还学会了瞅准时机，譬如那些过于热心的亲戚们要给周允介绍男朋友，说这个男生不错的，在某家外企工作，每个月也有近一万，她母亲会鼻子里先出一通气，再酸溜溜地说，一万？我们家小允随便画画也有这个数呢！

他们就会劝她女孩子家眼光不要太高，男孩子收入会慢慢增长的。她母亲原先也是这么想的，在周允还在念大学的时候，她将信将疑，把这话转给周允，说，有好的，就谈起来，男孩子会慢慢好起来的，可是如今，她底气十足——不是我看低了这些个男孩子，如果现在就满足于这么低的收入，不是吃不起苦，就是脑子不够活络，将来难有出息！

亲戚们被她吓跑了，她也乐得开心，至少她手里还握有一张王牌：赵丰嘉。

周允渐渐发现，原来大众对成功的期待并没有她想象中的这么高，在他们眼中，能买得起中环内的新房，能维持看上去体面的物质生活，而且照片和访谈还能偶尔刊登在报纸上，就算是成功了。

这一年有无数的人跑来跟周允说你成功了，文生跑来说，卢卢托阿霞来说，阿宣和小远打电话来说，还有久远没有联系的小学同学、初中同学，也来凑热闹，都是些无关痛痒的人，她真正渴望来联系她的人都不在其中，这些无关痛痒的人给她发祝贺的短信，问她有没有时间出来聚聚？有的听说没有时间出来就索性打开天窗说亮话，说他本人也是学画画的，怎么才能开画展呢，能不能介绍些厉害的人给他认识？还有些打听到周允在这所学校做老师，问自己亲戚家的孩子也想进这所学校，老同学帮帮忙，看看有没有办法？她收到都只有笑笑，不理会。只有她心里清楚，成功是对她命运最大的讽刺。倘若她失败，她平庸，就可以证明她的母亲是错的，然而她成功了，所有认识她母亲的人都来称赞，都来讨教，这么争气的女儿，你是怎么教出来的？

这些个电话和手机频频响起的日子，周允体会到的是一种没有意思的热闹，让她想起学生时代每晚家里的电话也会响起来，那些打给她电话的同学，不是跟她分享自己隐秘的心事，而是问，周允啊，今天数学作业的第三道题好难，你能教我怎么做吗？

这是一个愚人所讲的故事，充满着喧哗与骚动。昔日大学课堂上念诵的《麦克白》的台词晦涩朦胧，她念着，就像在念一道谶纬，如今应验了。

周允去参加大学同窗小远的婚礼，小远进X行的次年就与一个相亲对象结婚，她第一次相亲就成功，一直炫耀相亲的好处："我直接就提出我的条件，长相不能差，家境要好，大学要跟华光一个档次，然后亲戚们就帮我把不合格的人淘汰掉了。"

"也有道理。"周允附和说。

周允被安排和小远的几个高中同学同坐在主桌，小远的高中就是周允母亲心心念念的四校之一，她那几个高中同学涂着火红的唇膏、火红的指甲，聊着基金和奢侈品，她们不是在公关公司做事，就是在投资银行做事，她们看到周允，顺便问她一声，你是小远的大学同学？周允点头。

那你现在在哪里上班啊？她们问。

她说她在当高中老师。她刚说完，她就可以从她们的眼睛里看到一丝嫌鄙，表面上说着这所学校很好的，当老师开心，有两个假期，她们的身体却不自觉地往后退，就像在菜市场看到水产摊贩拎了条花鲢鱼走过你身边的样子，涂着火红蔻丹的手也往后缩，然后她们继续聊她们的话题，聊她们认识的某位明星的造型师，韩国来的，帮Rain剪过头发，现在在瑞金路的一个私家花园里新开了店，聊刚去过的东京花园凯悦酒店,她们说,那个电影,叫什么来着的,好像是《迷失东京》,就是在那里拍的,哆得不得了——她们跟周允无话可说。

最后一部分仪式完毕后新郎新娘来敬酒,小远对主桌的同学说,你们多聊聊呀,周允现在是小有名气的青年画家,作品刚参加过台北双年展,你们说不定以后有合作的机会!

周允看到那些姑娘的眼睛忽然放光了,床前灯终于接通了电源的样子,她们眼里惊讶和悔意交织着,身体僵了半秒,马上熟络地打招呼,啊,原来你是画家,参加过台北双年展,你好厉害啊!

她们把刚举起的酒杯放下来,俯身在她们小巧玲珑的名牌手袋里掏名片,双手奉上来,说有眼不识泰山。

周允笑笑,收下了,说自己的名片还没有印好。

她们说没关系,就掏出手机要加微信。

周允心里是嫌恶的,可还是加了——为了她的画,她得学会做人。

这些日子,她还收到一个电话。

"周允,我收到你寄来的邀请函了。"有一天,秦教授打给她,"我想一定有很多人祝贺过你,那我就不祝贺了。我只是想说,从华光出来的成功人士已经够多了,多你一个不多,少你一个也不少,但画画有灵性的人,是不多的。所以,你要成功,还是要继续画出有灵性的画来,你自己选择。"

她不说话,她说不出话来。他都知道,他已经看出来了,她,画不了了。挂上电话,她哭了,在画室里,她现在偶尔会待在那里,彻夜作画,那里可以哭,可以不用听见她母亲的声音。

她自己也清楚,她的想象力没有了,跑光了,天晓得为什么,大概是被钱给吓跑的。她反正画不了了,但暂时不会影响收入,画廊老板大卫·刘说最近老上海的街景图好卖,不要画成老照片那样,要用摩登的情怀来表达怀旧,这样才是艺术,周允明白他的意思,就是在黑白的外白渡桥前画位穿一袭红裙的妙龄女郎,身材曼妙,背部深V字开衩,裙摆随风扬起。她画不了,反而被画廊老板和媒体的美编称赞为"手脚勤快"。

这一年,周允倒是回过一次明德,明德一百零五年的校庆,请她回去,要她去给学弟学妹做杰出校友的分享会。怎么说也是一份人情,就去了。分享会安排在明德的体育馆，她正走过去，陈巧远远看到她，花枝招展地跑过来，牵起她的手，迎她到里边坐下，她觉得别扭，高中三年，陈巧从来没有这么热情过。陈巧说早就预料到她会成功，因为她向来是最优秀的那一个，对自己要求最高。周允笑笑，没有答应。

分享会上，陈巧介绍起她完美无憾的履历来，保送进明德，被华光提前录取，在读华光期间，绩点一直保持在全系前三位，毕业后油画画作《梦中人》入选台北双年展全球青年画家新作特展，二十六岁时就举办自己的个人画展，现为某知名艺术画廊签约画家。

掌声，她听见了，多少出自真心的掌声，不是学校硬性要求的，而是他们发自内心的对成功的渴望，掌声，她害怕。

她没有被安排做单独的演讲，而是由明德的学弟学妹准备了问题当场提给她。他们问的最多的是她为何学英语专业，最终会去画画。她谈到了阿霞，谈到了秦教授，谈到了要坚持做自己喜欢的事情。

她答完，陈巧接下话茬总结一番主旨大意，总结得全不是她的原意。陈巧说，正因为周允去到了华光这所优秀的高等学府，才会有这么多发展的可能。平台好，机会就多。

有学妹问起周允当年在明德的学习情况，说她是学生会的干部，如何平衡课外活动和学习。周允说，其实现在想来，在很多高一高二的科目上花了过多的精力，浪费了时间，譬如理化，她后来根本没选理科，当年为了保证自己在明德的年级排名连竞赛题都练……

学妹听不懂，这和她预期的答案太不一样了，哑然，杵在那里，不晓得怎么接下去。仍然是陈巧，陈巧说，你们听周允现在说得轻飘飘的，但其实大家看到了，为什么她今天可以在专业以外的领域取得成就？就是由她对待所有事情的认真态度所决定的。我那个时候是周允的班主任，令我印象最深的是，她如果晚上在忙学生会的事情，第二天凌晨四点肯定会起来做作业，在宿舍的盥洗室里，从不以课外活动为由不交或晚交作业。大家喜欢抱怨说高中学业压力大，所学科目不感兴趣，你们有没有想过，人生是有很多阶段的，现阶段你认为你学的这个东西没有用，说不定在下一个阶段就能派上用场。

不是这样的呀，周允想说，这样的话，人生不就一直虚耗在莫须有的事情上了吗？

可陈巧没说完,她接着说,另外,你们有没有想过你们自己有没有努力过?如果你们每件事都觉得没劲就不去做,那我告诉你们,你们永远也不会找到什么有劲的事情。

话筒被陈巧紧紧攥在手里,她一说完,掌声齐鸣,连第一排就坐的校领导都站起来鼓掌了。

分享会后,校长和副校长邀请周允在教学楼里走走,说她难得回来一趟,当然要重温一下学生时代的美好回忆。走到三楼,周允猛然发现露天走廊上围起了绿色的网,材质很厚,像水果批发商装整袋整袋的西瓜、哈密瓜的大网罩,这张网从三楼一直扯到六楼楼顶,走在教室外的长廊上浑身不舒服,仿佛身上爬满了跳蚤。日本导演黑泽明的《七个梦》中的第六个梦是红色富士山——未来世界的某次核爆炸致使富士山笼罩在一片殷红的雾气之中,不是血染大地那般酣畅淋漓,也不是舞台上干冰营造仙境的梦幻效果,而是死神玩的凌迟游戏,哈出一口一口殷红的毒气,身处其中的人一点点把毒气吸进入身体里去,每一刻都在离生更远一些,离死更近一些,眼看着自己的身体一部分一部分地死去,却全然没有办法——周允从明德的绿色蛛网中也嗅到了类似的致命毒气,她觉得自己快要窒息了。

校长说,这是出于对学生安全的考虑。

去年,有个高三的学生从明德的五楼一跃而下,幸好命无大碍,但是似乎伤得很重,也没有再回来念书,人间蒸发,再无人知晓她的音讯。校方声称她是因为早恋,为情所困。他们说,女孩子嘛,一谈恋爱就头脑发热,容易陷进去,真是没用啊。学生那里流传的版本却很不同,他们私底下交头接耳,窃窃私语,是说梁百万上数学课时说话太难听,因为她模拟考没考好,梁百万说了诸如当年你爸把那玩意儿射给你妈,还不如射在墙上得了。她听得恨不能有个地洞钻进去,但是没有,她死死地拽着书包带,扭,扯,她觉得周围的人都在笑她,呵呵,还不如当年射在墙上。一打铃她就冲出教室,从走廊上跳下去,一了百了。可是谁也没有证实这个说法,梁百万还在继续教书呢,他可是明德的名师,他带的班年年数学平均分都超一百三,听说他连带三年高三,学校奖了他一百万,所以才有了这个绰号。哦,对了,听说他也是华光毕业的。

绿色的网罩织起来,多好啊,就不用担心老师用心良苦的"鞭策",也不用担心现如今学生愈发脆弱的心理防线,就算要出什么事,至少也不是在学校里。

校长对周允说,我们明德的声誉一年比一年好,我们现在的重点率非常高。

哦。周允说。

她受够了学校,可她自己也是个老师。她的工作相对而言还属于轻松的那种,每周十四节课,同时教三个年级,幸而学生不多,因为大多数学生要考托福,而学校另有老师教托福班。从工作以来这些教案已经滚了很多遍了,先讲词汇,再分别做听力、阅读的练习,然后她反复指导学生抓住雅思考试的精髓,去找那些同意换用的词和词组,背下来,做到一看到头脑就有反应,最后是作文,小作文和大作文,她也会教学生用模板,待他们把模板学会了再给他们看一些张扬花哨的句法表达,让学得会的同学去学,学生基本都能考不错的成绩,如果过不了关,他们的家长比她要着急多了,他们自会把孩子关到校外的培训学校去,不用她操心。原本学校看重她从华光毕业,要委以重任的,第一年就安排她做班主任,还让她负责学校的英语辩论社团,她因缺乏经验,对很多细枝末节的事情放任不管，比如学校勒令女生必须把头发扎起来，不能披散着头发，她无意间在学生面前抱怨了一下这样的规矩实在太落伍了，这年头披个头发也很平常呀。学生就拿她的话当挡箭牌，兴风作浪，类似的事情还包括进校必须摘耳机、不允许涂透明护甲油、秋天不能穿冬季校服，等等。而后领导找她"谈心"，生怕打击她似的，领导非常委婉地说她或许不太适合做班主任，但是教学工作是没有任何可指摘之处的，要她务必放心。于是班主任工作第二年没再安排她，辩论社也有了新入校的老师接替，从此也没再安排她，她生平第一次感到完全没必要把每件事都做到最好，现在自己解脱了，求之不得。

可她仍旧受不了学校的氛围，即便她跟学生的升学压力隔着一层，但那种氛围还是裹挟着她，掐着她的咽喉，捂着她的口鼻——他们不用学生考华光，而是要学生申请海外的名校，最好能申请上常春藤，这样明年招生就容易了，他们说。

没什么意思，她想说。可学校里没有能听懂她话的人。他们说，他们这么年轻就可以有了这么高的起点，不是很好吗？即便现在只申请到前五十位的美国大学，读研究生申请常春藤的机会也比国内的大学毕业生高多了。

学校的庙果然太小，他们都只能看到人生的前四分之一，对于人生的前四分之一而言，常春藤是完美的终点。可是他们没看到，人生长着呢！

她很偶然地介入过一次和家长的谈话，因为这个调皮的孩子在她的雅思课上用 iPad 打游戏，被她没收了。这是个很多老师眼中的问题男孩，有家里父母的原因，父母亲是温州人，为了在广州做生意，生下他后无暇照顾，把他寄放在幼儿园老师家长达十五年，再接回来，父母与孩子之间自然隔着十多年的空白。

这位父亲来了，西装笔挺，显示出很为儿子着急的样子，他说，我的儿子小时候很好的，他的幼儿园老师打电话告诉过我，他读小学时语数外都是九十几分！

她有时候在想，到了七老八十岁再逢人便提起自己常春藤的出身，就好比他父亲说的"我儿子小学成绩很好"那么可笑。

然而他们不懂，他们和她的母亲一样，把进名校看成是给人生买保险。

其实那些名校也是一样，他们也在买保险。每年的"丰收季",学校都弥漫着一种诡异的狂欢气氛,不是大鸣大放的狂欢,学校的教学秩序有条不紊,可是她觉得每个人的表情都有些古怪,飘浮在空中的兴奋,像嗑过药的人,每个人,老师和学生,好像他们昨晚秘密赴过某个地下组织的盛宴,不告诉她。

她的同事们一直忙着总结被名校录取的规律:学业成绩和语言成绩都完美无缺,坚持数年且有的放矢的课外活动,不是每个最优秀的学生都能入读名校,但最终拿到录取名额的一定是最优秀的学生,一定是那些完美无缺的学生。她察觉到这里有一丝逻辑的颠倒,这些高校需要这些学生首先证明他们已经获得了成功,才给他们发放通行证,那么,这些高校的教育理念体现在哪里?教育不该是有教无类吗?如果他已经成功了,他接下来继续取得成功,与学校教育有何干系?

她想不明白,这些年令她迷惘的事情太多。作为老师的他们何尝不是希望中学入学的时候就只录取最优秀的学生,他们只是不能直说罢了,他们要的就是能自证未来可以被名校录取的学生。那么,老师的存在有何意义?

她只能想是为了钱。

周允和画廊签约的时候，想过这下终于可以辞职了，辞职后她可以多画些画，她这么勤奋，收入只会增不会减。可是她回到家，还没等把这个念头告诉她的母亲，她的母亲已经急不可耐地提醒她：小允，你虽然那边签了约，这边工作不要辞哦！

哦。她说。

"我刚给赵家阿爸打过电话了，他说啊，他对你的工作非常满意，现在进你们学校竞争多激烈啊，你在那里工作，以后孩子上学就不用愁了呀！"她妈说。

哦。她答。

"再说，你总需要有个地方给你加四金的，自由职业者风险多高啊。"

哦。

8

周允原以为那篇报道不会发出来，虽然记者找她做这个采访的时候，她抱有一丝念想。那位记者想知道那是谁，那个梦中人。她说我看过你之前的报道了,你说那是一个再普通不过的模特,他好奇被艺术家画下来是什么感受,于是你就用了他,他甚至都不愿意收模特费。

"我一个字儿也不信,我从那幅画里感受到强烈的爱。"

她说,告诉我,那个人是谁,你的梦中人。

周允原以为她是个资深的老法师,可后来知道她竟然是一个新人行不久的文艺版记者,才大她一岁,既然她看出来了,她愿意告诉她。周允说我会告诉你,所有的一切。

周允告诉了她。

周允告诉她是因为她是第一个感受到画中强烈情感的人,告诉她也是出于她的私心,这么多年来,她一直想见他,她也想知道他想不想见她。

母亲说,小允,现在你爬得高了,就有更多的人等着看你跌下来,你知道吗?你不能够让他们看扁,你要继续爬,爬到他们用望远镜才能瞅见你,那样他们就知道这辈子怎么也追不上了,他们就服了。

婚姻是现在父亲那边的亲戚唯一可以用来讥嘲周允的利器,也是他们眼中她最容易跌跤的地方。姗姗表姐被讥嘲了十多年，她从二十几岁被讥嘲到三十几岁，只因她还没嫁人。大伯母和小姑妈说着，哎哟，姗姗，我们是替你着急呀，你倒是抓紧呀，晚了只怕没有好码头。

而后她们对她的否定会从婚姻绵延至她身上的一切，她们说她三十好几的人了，还不会打扮，钱赚来是要花的呀，存着干吗？

头发，你的头发！小姑妈扯起一绺她的马尾辫梢，蹙起眉毛说，谁三十好几还扎马尾辫，去烫一烫，喏，你看你妹妹小允，她烫得就不错。

终于，周允的母亲也逮到机会了，她咯吱笑一下，说，哎哟，我们小允有专门的造型师。你要去吗？下次可以一起，小允有对折卡。打折下来嘛，不贵，剪烫吹，一千块不到，对吧，小允？

周允笑笑。看着姗姗表姐红着脸，双目圆睁地瞪着她。也罢，反正这几个表亲自小就没有感情，感情早在无尽的闲言碎语中被消磨光了。

是哟，下次跟小允一道去，头发弄一弄，人也精神一点，听到没？小姑妈问她。她低着头不答话，小姑妈再问她听到没，她只好"哦"。

还有你这身衣服，不是我要讲你，谁三十好几还穿 T 恤，你说你在家里穿一穿当睡衣也就算了，可是我们上饭店来吃饭，你总归要换套漂亮衣服吧？大伯母翘起食指点着她的额头，说。

喏，你看你妹妹小允，她这身衣服斯斯文文，倒是不错。小姑妈说，微笑着打量周允的行头。来，小允，站起来，给小姑妈瞧瞧。

周允只好起身，听她的话，转了个圈，再坐下。

这身衣服多少钱？小姑妈问周允。

用不着周允回答，她母亲就抢过话茬，哎哟，这身衣服啊，一点儿也不贵，一千来元，你知道，现在商场里的东西，一千块只好当一百块使。衣服倒还好，贵的是鞋子。

鞋子？小姑妈赶紧俯下身瞅瞅周允的鞋子。

蓦地又要她站起来，走几步，脚伸出来，再缩回去。

鞋子多少钱啊？小姑妈轻声问冰莹。

打了对折，两千块。

哎哟，这么贵啊。小姑妈说，吞了口唾沫，而后又道，哎哟，要的，要的，现在上海的小姑娘，哪一个不是打扮得像明星一样？姗姗，不是我说你，你今天这身行头走到马路上，连农民工都穿得比你漂亮。

我也有包的呀，我上次让朋友去美国的时候带了个蔻驰，很贵的，也好几千块了。姗姗表姐说。

那你为何不拎出来呢？今天这种场合，可以带出来嘛！大伯母道。

啊？拎出来啊？我怕弄脏呀。姗姗表姐一说，众人倒吸一口冷气。周允知道，她们懒得再费唇舌，她也知道，她们将把矛头转向她。

我们小允厉害的，人又长得好看又会赚钱。冰莹，给你养到了喏！小姑妈说着，嗲悠悠地往我妈身上靠过来。

哎哟，今天穿得好漂亮哦。大伯母说。

天天都是这样穿的，小姑娘嘛，是应该弄得好看点，要做人的呀！我母亲说，顺便瞟了眼姗姗姐。

姗姗姐倒全不介意，趁大家的关注焦点转移，饿了这么久，终于可以吃了，她眼疾手快，先往自己的盘子里搛了两只基围虾。

我们姗姗自个儿不争气，赚钱太少。大姑妈说。

你现在一个月多少钱？大伯母冷不丁地调转枪头一问。姗姗刚把一只基围虾塞进嘴里，正耐心地用门牙蜕去微红的壳，被她回马枪一杀，一整只虾囫囵地塞进去，像含了个橄榄，她报出一个数字，但是声音是含混的，像只闷炮。

多少钱？大伯母又问。

唉，只有三四千块。大姑妈说。

那也还好呀。大伯母说，你完全可以买点漂亮的衣服，小允买一两千块的，你买一两百块的，也是可以的。

这下姗姗终于把两只虾吞进肚去，多少长了点力气。她说了一句"哦"。

她们见自己乱了阵脚，赶紧纠正，开始盘问冰莹挂在嘴边的乘龙快婿，那个你说的，姓赵的，就是自己开咨询公司的那个，你们现在谈得怎样了？

她们问起周允来，周允哪里知道？

快了，赵家阿爸已经打来过电话，他预备下个月带他儿子来上门提亲。冰莹说，一边说一边漫不经心地给自己盛一碗酒酿圆子。他说呀，赵丰嘉，哦，就是我未来女婿，去看了小允的画展，说是很欣赏她呢！

下个月上门，我怎么不知道？周允暗想。

这么快啊，那要恭喜你了。还是小允争气，拣了个这么有本事的男人。大伯母说。

是呀，还是小允厉害，往后别忘了你的小姑妈我哦！

小允有本事。大姑妈也说。

回家后，冰莹竟然说这不是用来撑场面的应酬话，是真的。她还告诉周允，这个礼拜六别安排任何工作，跟她去他家吃饭，赵丰嘉也在，他礼拜五从纽约回来，只待一天，礼拜天他就要飞香港了。

她大概见周允犹疑，就掏出一大堆肺腑之言堆在周允面前，说她嫁了周允的爸爸这个没用的男人之后受了多少委屈周允也看到了，说她是为周允好，不想周允重蹈覆辙。再说，以后这社会竞争程度更恐怖了，上个小学就要买学区房，很可能从高中开始就要出国念，没点资本怎么立足？

她说，你自个儿想想清楚。

但她也没给周允时间细想，很快姨妈的催命电话就响了，冰莹接起来假意问一句，哦，你找小允啊，她在，你等等哦，我让她听。

姨妈说的是另一番话，她把赵丰嘉从头到脚夸了一遍，他的包子脸被她说成是老实可靠，年长十岁被说成是成熟稳重……她夸得天上有地下无，夸得像她十月怀胎生出来的乖儿子，而后她也说，小允，不是姨妈势利，但是在这个世道连钱也赚不到的男人要么是蠢，要么是懒，不然就是不求上进。

还有，你想想，你现在收入这么高，如果找了个男人收入不如你，他会自卑的呀，男人最怕自卑了，自卑以后脾气就坏，还会出去彩旗飘飘。就算他不变坏，你慢慢和他圈子不一样了，你也会瞧不起他的呀。

周允答了句"哦"。

她们还特地委派了芝表姐来当说客。

姐，你不用说，我知道你要说什么。她们在星巴克的卡座一坐下，周允就对芝说。

不是的，小允，你什么都不知道。芝说，你以为我跟你姐夫感情很好？我们不过是各玩各的。

啊？周允讶然。

周允的表姐夫婚前就见异思迁，本来已经分手，但后来又在一起，因为婆家不认可那个疯丫头，说那姑娘是外地人，一门心思想着姐夫的钱，想着上海户口。他们还是觉得芝好，芝到底是上海人。于是他们又约好在一起，表姐夫想挣脱他母亲的管束，表姐想分得他的钱，在外人面前，他们郎才女貌，你侬我侬，可以演一对恩爱的夫妻，演技太精湛了，芝不说，周允根本看不出来。

"我嘛，最好他出空难死掉。"芝说，她说这些话的时候面无表情，就像在说一个和她毫无关系的人，"我们公司喏，如果飞行员空难死掉，遗孀可以一直领个少寸他工资的抚恤金，一直领到老死。就是，唉，我有时候会跟他一道飞，要是咒他空难，等于咒我自己。"

那天适逢上海的阴天，窗外的阴云背后掖着一个白太阳，周允觉得那个白太阳晃啊晃的，像暗夜里一盏四十支光的电灯泡，很是刺目。

"这些日子快递公司招人，开货运飞机，要去杭州，开的条件比航空公司好得多。我怂恿他去，多赚点，也不用天天碰到，唉，看到他就触气。"

所以，芝表姐原来是劝我来的，根本不必结这个婚，哪怕男方挣得再多。周允暗想。

"所以啊，我是跟你说。你那个赵丰嘉，我看着挺好，你嫁给他之前，跟他把条件谈谈清楚，往后万一有什么，你就握牢他的钱。大不了他玩他的，你玩你的。他比你大这么多，你的日子总归要比他长。"

周允听得头脑发涨，也不晓得是不是喝了咖啡的缘故。她不认得面前的这个表姐，这个表姐还是那个在她母亲一心要求她把书念好时偷偷塞一支唇彩给她的表姐吗？

　　"小允，我是为你好才把这些事情告诉你，你也不要跟别人讲。小姑娘脑子要放聪明一点儿，知道吗？

　　"小允，你别这么天真了，你以为这世上真这么多天作之合？至少我在我们这个圈子里看到的夫妻貌合神离的要比琴瑟和谐的多多了。你看不出来而已，你看不出来，不证明他们感情好，只能证明他们涵养好。

　　"小允，你看你赚钱赚得脸都老了，你看我？保养得不错吧。赚钱这种粗活是男人干的，退一万步说，就算你还想继续画画，也得找个靠山，这个赵丰嘉可以啊，你可以开自己的画廊，自己当老板，就不用看别人脸色了。"

　　周允想见他，比任何时候都想，想见他，越快越好。周允想知道他十年之前是否爱过她，或者说喜欢，哪怕只有咨啬的一点儿？现如今的她只要指甲大小的一丁点儿，一丁点儿就足够她存在心底，好歹往后就可以告诉自己此生是有过爱情的。她不敢问朱玫要他的电话，朱玫不会嘲笑她，但或许会要周允别惦记他,说他不值得,也说你现在是什么身份,那个没用的男人,早该忘了。周允只能告诉那位记者,一五一十,告诉她,她当年爱他爱得发了狂,而他却说,阿允,吻你的额头,可惜你不爱我。

可是记者在与周允复核完问题的答案后再也没有回应,就像这座城市里的每一个人,忽然露了一下脸,即刻消弭于茫茫人海之中,无迹可寻,周允甚至一度以为那篇采访邀约是她的幻觉,她睡得这么少,时常混淆现实和梦境的边界,说不定这个记者也是一个梦,一个难得的美梦,她是不存在的,她也是梦中人。

两个月过去后那篇报道就出来了,刊登在上海的一家时尚媒体上,两个版,但是太迟了,太不合时宜了,周允已经答应了赵家,答应了赵丰嘉。周允现在还要担心赵家人看到会怎么想,她安慰自己说,现在掏钱买报纸的人那么少,况且还是时尚杂志,两个老人家,怎么可能看这种时尚杂志?之后媒体把报道发到了移动网络上,发到了微博,发到了微信,她装作没看到,装作没有这回事。事实上,确实没有人关心,这是十年前的事了,十年前的事早就是过眼云烟,十年前的事不会引起任何的伤害,甚至不足以引起任何窥视的欲望，于是她就关上手机，合上笔记本电脑，准备睡觉。

而后她就收到那个熟悉又陌生的号码发来的短信，他说，很多事情他是今天才知道的。

她不管这些事情他是什么时候知道的，她只想知道，十年前，十年前他究竟有没有喜欢过她，有没有一丁点儿的喜欢。

但是她没有直接问，她说，你应该很得意吧？有这么一个人承认深爱过你。

他说，都怪我们自己不好，我们当初一个把认真当玩笑，另一个把玩笑当认真。

这是什么话？他已经知道她对他是认真的了，他的意思是他对她的一切只是个玩笑？整整十年的时间？一点也不好笑。她气得把手机扔到一边，手机砸到墙角，发出响亮的撞击声，害冰莹疾走进来问，什么东西掉了？

没有，她说，她气得脸色煞白，气得咬牙切齿。这是个雨夜，她画到凌晨两点才回房，可仍旧睡不着，在床上翻了好几遍，睡不着，雨落在塑料雨棚上啪啪响，落在花架上啪啪响，落在地上啪啪响。那些故事，那些短信，那些有限的约会，那些有限的情话，原来都是玩笑？

呵呵。

母亲手术前一晚她对着卧佛像许过愿，愿交付今世的爱情，换取母亲的平安无事。

她没想到，居然原来还包括十年前的那一段，不，那半段。

周允听了一宿的雨，她告诉自己一宿未眠不是因为他，而是因为雨。谁让雨下得这么大？下得这么响？

凌晨四点，她给他回短信，这样他醒来看到的时候她已经把他的号码加入黑名单了，但是在拉黑之前她有权利表达她的愤怒。她告诉他，虽然隔着十年的距离，但是你说这一切是个玩笑还是太伤人了。

她按了发送键，凌晨的网络竟然如此迟缓，手机上久久地显示"正在发送"。可手机屏幕刚切换成"已发送"字样时，也是她刚准备把这个号码添加进黑名单时，他的回复来了，好快，他说，那个把认真当玩笑的人不是我，是你。

她握着手机，不争气地哭了，眼泪掉在手机屏幕上，她抹掉，然后还是去找"添加进黑名单"，手机屏幕就像这夜的玻璃窗，模糊的，透着溶溶的光，化开来的光，但是她还是能找到,按下"确定"键,这个毒辣的人,她万不该让他复活,让自己再遭一份罪。

9

第二天有两个高中同学和她联系,一个是晴晴,一个是朱玫。晴晴发了条短信给她,说,当年的那个男生挺有魅力的。

她当然记得晴晴和他一起过,她怎么可能忘掉?她笑笑,回复她说,是啊,可惜是个花花公子。

晴晴连打三个问号,说,是吗?看不出来。

难道不是吗?他不是因为花心所以才和你分开?她迷惘了,问晴晴。

不是啊,我们是性格不合所以才分开的,我受不了他那个特立独行的自我。晴晴说。

末了,晴晴还发来一条短信,他对待感情挺认真的。

她还没从晴晴的短信中缓过神来,就收到朱玫的短信。朱玫说:魏叔昂托我跟你说,那个把认真当玩笑的人不是他,是你。

发完这条，朱玫自己又补了一条，阿允，怎么回事？你们有什么，不如当面说清楚，别说一半话，让别人去猜，容易产生误会。

可是周允告诉她，不用了，我们不会见面。我不会容许自己跟他见面。

周允最终还是跟他见了面，她熬不过自己，她请同事帮忙，把他的手机号码从黑名单里解救出来。然后她把短信编了删，删了又编，终于还是发出去了：叔昂，我们见个面，有些话需要说说清楚。

叔昂的回复很冷淡，刺痛了她。他说：好，你什么时候方便？

他们客客套套地约了个时间，约了个地点，就像那些一手交钱一手交货的生意人。他们约在周五的晚上，他说他下班很晚，他问她，你能等吗？

她心里被他的话蜇着，但还是回复说，可以。

那天晚上下雨。整个白天都是晴天，到了傍晚天色大变，下起了莽莽苍苍的雨，毫无道理的雨。周允打着伞，硬是在画室里待到约定的时间点才出门，她不要让他看出她迫不及待想见他，好给他理由沾沾自喜。她临出门的时候，叔昂来了短信，说他算错了时间，他已经到了。

那你要等我了，她说，加快了脚步。

没事，你慢慢过来，反正还要等位。

越是着急，公交车越是不来，越是着急，道路越是拥堵，她算错了时间，到了那里，已经让叔昂等了一个半小时了。

她到日料店门口，打给叔昂，叔昂说刚在里边坐下，进门左拐。她一进门，他先看到了她，他本来要举手示意的，手伸到一半，她看到了，就僵在那里。

她坐下，他在看菜单，看了很久，不说话。

她注意到他的右手中指上扣着一枚银戒指，她的心倏地一沉，她让他看菜单，不说话。

漫长的沉默。他才问，你要吃什么。

我吃过了，你帮我点壶清酒吧。

他叫来服务员，点菜，点得不多，然后强调，这位小姐要一壶清酒。

这位小姐。她心里重复着。

菜单收走了，他才看她，她也看到了他，他蓄了胡子，她最讨厌男人蓄胡子。

还是沉默。

她先开了口，你要结婚了？她问，她也不知道这句话怎么会自个儿溜出来，没来由地。

哪有？哪有谁跟我结婚？他答道，笑了笑。

那你的戒指？她说，示意他右手中指上的戒指。

哦，这个，他举起手来，左手摆弄了一下右手中指上的戒指。这个，只是装饰。装饰而已。他把戒指摘了下来，塞进了包里。

她的心又浮起来。

他点的寿喜烧上桌了，服务员问，这份寿喜烧只有一份鸡蛋，要加一份鸡蛋吗？

他说好，她说不用。

她问，你现在吃鸡蛋了？

他说没有，他说，你喜欢吃鸡蛋的呀，打一个进去，你吃？

最后没有加，她说她真的吃过了，待会儿就意思意思再吃一点儿，真的吃不下，不是客气。

这下他才开始说话，他双手的手肘同时撑到餐桌上，身体往前倾，然后肩膀耷拉下来，这个动作让周允想到了战士把铠甲卸下——他说,他是真的才知道的。

他说,我是很早就注意到你的,而且我对你的喜欢不止停留于外表,不是那种"哦,一个漂亮女生在我面前"的喜欢。不过太晚了,现在我看到你的那篇报道只有一个感觉,百身莫赎?

她听着,眼泪在眼眶里打转,但她要她的眼眶像坚固的堤坝,挡住泪不让它涌出来——这就是她要的答案,他喜欢她。

他说,我一直用仰视的角度来看你,我从来没奢望过你会喜欢我。我一直觉得你身边的那个人应该是一个比我好得多的人才对。

她听着,嘴唇像那寿喜烧底下炉子的火苗那样颤抖着,她说,我一直以为你不喜欢我。因为,你和我出去,连送我回家都不愿意。

啊?我以为你不愿意。他说,为什么你不说?你不说……你就算暗示一下也好啊?

她努力咽一口口水,喉咙是哽咽的,口水是苦涩的,她灌了自己一小盏清酒。

麻烦再来一个杯子,再来一壶清酒。他说,我陪你喝。

他问她的近况，说他注意到她开画展了，他问她那画里的是他吗？她点头。说到她的工作，他很直接地问，你为何不干脆辞了工作？你在学校那种地方能待下去吗？

她笑了，即便过了十年，他毕竟还是懂她的。

她说，为了小孩，为了将来我的小孩能上这所学校。

他向来心直口快，他说，你连婚都没结，就已经连小孩的出路都想好了。

她笑笑，说自己是个蠢蛋，她说他应当知道她就是个蠢蛋。

她也问起他，他现在是地铁的驾驶员。她想起来，他说过他喜欢开火车，原来他不是随口说着玩。她说，恭喜你，你做成你喜欢做的事了。

他说开地铁其实很压抑的，在黑黢黢的轨道里穿梭，看不到风景。他开的是一号线，幸好这条线路的两端都在路面之上，每次向南开到锦江乐园或向北开到汶水路都是他最欣慰的时刻，好像熬过了漫长的黑夜，终于迎来了清晨的第一缕光亮。

你不知道，从地下钻出来的那个瞬间是每天最美好的一刻。他说，阿允，你真该看一看，那一刻简直在验证生命存在的意义。她能在他的眼睛里看到清晨的第一缕光亮。

她说,她知道。

他们一起吃起寿喜烧来,她忘了自己已经吃过饭,跟他边吃边聊起来。她问起他后来大学里的情史来,他说他后来只有过一段恋爱,之后一直是孑然一身。他指指他的中指上残留的戒指凹痕,说,为了避开狂蜂浪蝶。

她说起他说话特别毒,每次都伤透她的心。

他疑惑起来,说自己知道说话恶毒,但应该没有对她说过特别恶毒的话才对。

她说起大学里收到的短信,他对她说,这不就是你想要的生活吗?她一看到就删了他的号码。他不知道当时她是怎样的处境。

他说这是因为嫉妒。

她说他的自我太强,强到会伤人,却又不够自信。

他告诉她,她是知道他性格弱点最多的人。

她也告诉他,虽然他伤了她,但她爱他的那个自我。

她和他讲起为何这次她会如此暴怒,因为她和神做过交易,她请求他别说她傻。她说她真的以为十年前的爱情,神也要狠心夺走。

神是不会夺人所爱的,他告诉她。

你信基督?她问他。

他摇了摇头,说他不信仰某一个特定的宗教,但他相信人类之上是有神的。那个神是仁慈的,即便俯瞰人类的自私和无情,祂依然是仁慈的。他说他相信这个神是存在的。他说这个神不会夺走她的爱情。

她笑了笑,摇了摇头,说可是太上忘情啊。

他告诉她不会的,人太自以为是了,总是误会神的旨意。

她忽然发现他有了许多白头发,他说以前就有的,但不多。他对她说,你还好,没怎么变。她微笑说,她化了妆,她老了。

我有一次见过你,是我大二的时候,在外白渡桥上,你穿一条红色的连衣裙,我以为你看见我了,可是没有,你转身就走,然后,我把你跟丢了,我追到顾家弄,你消失了。他说,我后来觉得那大概是我的幻觉,我怎么可能在那里又看到你呢?

她想起自己也见过他一次,在上海火车站——她面前的这个人深爱过她,她可以确定。

忽然，他微笑着，说，你现在对另一半的要求一定很高，他大概总要收入比你高吧？而且还得保证小孩能上得起你们学校？

她也笑了，她说，她其实没什么要求，但她的母亲对女婿的要求很高。

那是当然。他说，他记得她的母亲。

他们又要了一壶酒。然后他起身去厕所，她忽然发现这家餐馆只剩下他们两个，就像十年前的那家火锅店，服务员估计都在暗暗期盼他们早些离开。

服务员来了，问她能不能先买单。

她从包里摸出皮夹，把三张百元大钞抽出来，他回来了，把手按在她的手上，要她收回去。他把信用卡递给服务员。

我百身莫赎，怎么可以让你买单呢？

她想她才是百身莫赎，可没有与他争。

他也发现周围没有别的客人了，是催促他们离开的意思了。他说，要不我请你去吃冰淇淋？她摇摇头，说她现在脸上长痘，医生叮嘱过，不能碰甜食。

他猜大概是时候离开了，从公文包里抽出一个文件夹，文件夹的透明塑料膜覆着一幅用糖果色唇彩画的简笔画，是她画的他,她画的第一幅他。

我一直收着,保存得很好,你看,一点儿也没有褪色。他说。

她笑了,可这一笑,她的泪被挤得从眼角涌了出来,慌忙拭去。她一歇儿笑,一歇儿哭,两只眼睛开大炮。

他们准备离开,她套上风衣,他拿起公文包。哦,对了,这个送给你,他说,从他的公文包里拿出一个古色古香的绣花锦囊,她拉扯线头把口子放开,是一把梳子,檀木的。

他说,这个,我从来没有送给别人过。

她笑了,又哭了。

他陪她走到地铁站,雨还在下,他给她打伞。他不像那些傻头傻脑的男生把伞夸张地送到她这边,自己留在伞的外面淋着。他们靠得很近,伞足够成为他们共有的一片天。从餐厅走到地铁站的路竟然这么近,他们要分开了,他说,我送你回去吧?

已经很晚了,你送我回去后再回家,恐怕没有地铁了。她说。

他说不怕,总有别的办法。你不是埋怨我从来没有送过你回家吗?

她不再争辩,他们一同登上地铁,夜晚的地铁异乎寻常的挤,他们一进门就被别人挤在一起,他护着她,手不时地蹭到她的臀部,让她感到一阵阵的酥麻。

地铁太快了,在黑暗中,门一会儿开,一会儿关,等再开的时候,就到了。门开了,他和她一起走出车厢,他知道分别的时刻无论再怎么推迟,终究还是会到。她喃喃说着再见,从包里摸出交通卡刷卡出闸。她走出闸口,无意识地回眸一瞥,他竟也在站定看着她。这是她生平第一次和别人回眸相望,他的眼睛里灼灼地射出光来,温暖的,炽热的,她的眼睛也燃烧着,她浑身都燃烧着,忽然,她什么都不管了,她重新刷卡进站,冲过去,一把抱住他,这是她第一次抱他,也是他第一次抱她,他们紧紧拥抱着,直到站台的喇叭响起催促的声音:这是今天最后一班前往莘庄的地铁,请需要上车的乘客加紧上车。

他说,你不回去?

她说,我舍不得。

我也舍不得,他说。

她告诉他,她要跟他走。

于是他们一同登上前往莘庄的末班地铁,他们不知道将要去哪里,但是他们的十指紧扣,他们决定不再分开。

她在路上给母亲打了个电话,说她接到一笔大单子,今晚要回画室赶稿,不回家睡了,她母亲说好。

她告诉他她的母亲就是这样,但凡听到有大生意,就说你去好了,不知道的还以为不是老妈,是老鸨呢。

你一定经常用这法子,他说。

她说,没有,这是第一次。

他带她回他的家,他的父母都去常州了,他的父亲现在在常州的一家工厂上班,一个月才回来一次,他母亲就抛下他,跟他父亲双宿双飞。

我爸妈你知道的,老不羞啊。他说。

她记得,他的父母是自由恋爱结婚的,和她的父母不同。

他要她脚步轻一点儿,做贼似的,他说因为他的外婆就住在隔壁,这个时间想必是睡了,但还是得小心。她搂着他的肩膀,把脚踩在他的鞋子上进屋,他或许有些痛,可不敢吱声。

他们关了门,开了灯,她问他是不是经常带女生回来。他说没有,这是第一次。

她刮着他的鼻子,说她才不信。可他忽然认真起来,紧紧握住她的手,说,从这一刻开始我们都不要再怀疑对方了,好不好?

好。

外面还在下雨,他们可以听见雨的声音。然后开了淋浴,雨的声音就移到了房里。

幸好有雨,她可以尽情叫出来,不用担心隔壁住着他的外婆。他们都不是第一次,他们心照不宣,都没有过问对方把第一次给了谁。虽然这不是他们的第一次,但确实是他们第一次在这个过程中不感到寂寞。她卸了妆,她知道她的脸庞摸起来不再光洁,她也不再完美,但她不羞愧,她知道他不会因此就不爱她。她也终于明白这件事不是龌龊的,而是美好的,甚至富有圣洁的意味。她从脚心开始一点一点触摸他的身体,脚,腿腹,膝盖,阳具,她的手久久握住他的阳具,像握住一艘游轮的操纵杆,她握着,知道现在这根操纵杆属于自己,不禁低头亲吻了它,而后她抚摩他的腹部,平日的他看起来并没有特别的瘦,但是一旦躺下,腹部仍是平坦的,依稀可以摸出肋骨的形状来,她把食指按进他的肚脐里,按入他的前生,她摸他的胸膛,属于男人的结实的胸膛,他的喉结,突起的,像个浮标,他的络腮胡子,她禁不住说了句,哼,我最讨厌男人留胡子。

他一听就疯狂地吻她,偏要用胡子蹭她的脸,蹭她的胸,毛扎扎的,但不至于引起疼痛,她梳理着他的络腮胡子,说,你的胡子我不讨厌。

他抚摩她,他的手好大,一双长大了的男人的手,令人想起棒球接球手的手套,一下子就包笼住她的乳房,他轻柔地,像在追踪刚诞下不久的雏鸡,哎哟,终于抓到你了,雏鸡有一点细微的恐惧,抖着羽毛微微颤动。他也一点一点抚遍她的全身,伴着湿润的吻。而她也终于知道她不再是一具活尸,而是一个活生生的人,她终于知道王子的吻足以唤醒睡美人。

正因为是他,她可以要他,她也可以要求他的爱,她可以光明正大,肆无忌惮,她可以说,吻我的耳朵,她也可以说,再来一次,我要。

正因为是她,他也可以要她,他也可以要求她的爱,他也不必害臊，不必羞愧，他说，我要你帮我，用手，我要你在上面。

他们疯狂地缠绵，不像两个人那样干，而像两只在水里扑腾交欢的海豚，像两条在草丛里交缠着站立起来的狂蟒，他们想要把十年的时光追回来。最后他们筋疲力尽，但他们不愿就这么轻易入睡，她说，她想看窗外的雨，她要他为她掀开窗帘。

他说，你不怕被人看到？

她不怕，她知道怕是抓不住爱的，所以她不怕。

他拉开窗帘，玻璃窗透着溶溶的光，化开来的光，摇晃着。她说，她向来在雨夜是睡不安稳的，因为她怕，没来由的怕，在她的家她感到恐惧，黑夜给她准备的是蟾蜍、黑犬和被火烧的女人，她永远记得恐惧的感觉。

她说跟他在一起她不怕。

他们紧紧相拥，一同望向窗外的雨夜，摇晃的城市，雨声喧哗，打在窗上，打在空调架上，打在地上，她说她从未觉得雨声这么动听，像一支渔光曲，她好像是住在海边摇橹的船家。

他说，他们此刻就住在海边。

她确实住在海边,她感到下体温暖而湿润,她对他说,她还想要。

10

早晨醒来她首先看到了阳光,阳光从他为她合上的窗帘缝隙里透进来,两根金线,印在她的额头上,温柔的,像一个吻。一天的第一缕阳光,她看到了,生命存在的意义。而后她看到床头柜上留了张字条,他说他去给外婆买早餐,然后得先陪他的外婆吃早餐,再给她带早餐来。他让她千万别跟一个八十多岁的老太太吃醋。

她起床,套上他留在床边的一件白色T恤,他的T恤好大,可以当裙子,不必穿裤子,舒服,她自己的衣服从未给她这种感觉,类似自由的感觉。她去盥洗室刷牙洗脸,洗完脸,戴上隐形眼镜,梳头,对着镜中的自己,她禁不住"呀"地叫出声来——她快认不出自己了——脸上的痘全部消退,像被海潮洗刷过的沙滩,干干净净。

等他的时候,她竟然在素描本上画起画来,脑海中满是天马行空的构图,她一连打了好几张草稿,她知道她又能画了,她原以为自己这辈子完了,废了,现在居然又能画了,简直是浴火重生。她确信这些画画成之后会多好,她打开手机,打给画廊的老板大卫·刘,她要他帮她联系约瑟夫·王,她说她的这个系列作品会在这个月画出来,她要参加两个月后的香港国际青年艺术家特展。她说,她听别人提过,约瑟夫·王一定有办法。

大卫说他马上联系,他跟约瑟夫·王的私交不错,打声招呼,应该没有问题。

她说,反正最后参展好还会给你卖的,你知道,参展之后作品的标价就不同了。

大卫让她放心。

旋转钥匙的声音,哗啦哗啦,他回来了,为她带了豆浆和蛋饼,他再陪她吃一个葱油饼。他让她看他的头发,头发变黑了,要把手指拨进去才能看到为数不多的白发,她也让他摸她的脸,细滑的。然后她告诉他,她又能画了,她这次的作品出来一定能一炮而红。

他说,他觉得她已经很红了。连地铁上免费派发的报纸都登过她的照片和关于她画展的整版报道。他对她说,别让你的画变成你的欲望。

她跟他争辩起来,她说他的这种念头已经过时了,落伍了,当今的时代竞争多么激烈,每一天都有新人冒出来,随时盖过你的风头。人们是喜新厌旧的,而且是健忘的,你一个月没有新作品,他们就把你忘了,你就不存在了,而且,你压根儿就没有存在过。

他说,如果是这样的时代,那就宁愿在世的时候寂寞,死亡之后让后人再发现,让后人知晓今人的愚蠢与无知。

她知晓他的意思,他指的是梵高,是维米尔。但是她说他错了,其实更多的艺术家在生前就早已功成名就,像达·芬奇、米开朗基罗、毕加索,如果生前没有黄袍加身,没有大红大紫,死后没有什么人会愿意将你重新出土。她甚至说,我死之后,哪管洪水滔天。

她也不知道自己怎么会说出这句话来,她也为自己的冷漠感到抱歉,他看着她,以一种完全陌生的眼神,好像过了一晚,她已经不是昨夜那个她了。

豆浆凉了,蛋饼凉了,葱油饼也凉了。

她知道她是要走的,她早就知道,她没有想过要和他长相厮守,只是没想到这么快,但是没关系,这一丁点儿爱已经足够她度过余生。她收拾好东西，对他说她要去画室了。

就是这样了吧？她走在路上，阳光披洒在她身上，这一区都是老式的公房，六层高的，她已经有一年没有踏足过这样的小区了，工人新村，很熟悉，这里甚至木窗框还没有换成铁窗框，木窗框被刷成各种颜色，柠檬黄、玫瑰红、中国蓝，两扇的是房间的窗户，单扇的是灶披间和厕所间的窗户，外墙上拉扯着乱糟糟的电线，像个邋里邋遢的女生，可是并不使人厌恶。

去年她搬家，冰莹特地在楼下弄了个火盆，熊熊的火燃烧着，害她想起那个曾经搅扰她的噩梦来。冰莹要他们（周允和她爸）都跨过火盆，就像参加完爷爷葬礼回来的那样，意思是跨过一切不吉利的，在冰莹看来，当年嫁给周允的爸爸，在这个闭塞的小房间里窝了半辈子，就是不吉利。周允害怕，怕火苗咬她的裤子，怕大火里冷不丁地伸出一只手来，可她母亲对她说，不要怕，跨过来，从此再也不必回来。

她们食言了，她们还必须回来一次，回来把房子卖掉，一刀两断，一了百了。

现在真是要一刀两断，一了百了了，她心里想，走，可是腿是沉的。

阿允！是他，他追出来了，他叫着阿允，他叫她别走。他说他舍不得，他不要看着她再走一次。

他舍不得，她又何尝不是？

他说，他只是想说，他觉得她画画的灵性是最珍贵的，比其他东西都要珍贵。

我知道你的意思，她刚说着，她的手机就响了，是大卫·刘。大卫说约瑟夫·王那边基本搞定，改天一起去拜访他一次，大卫还让她今天下午来画室，他找了沪上知名摄影师玛利亚·林给她拍几幅工作写真。玛利亚你是知道的，一直跟全亚洲顶尖的时尚杂志合作的，技术了得，你就在那里画，不用管她，让她自己找角度。到时候等你参展回来，照片可以在媒体上用，这一回，我一定要捧红你。

她刚接完这一通电话，想对叔昂说些什么，她母亲又来电话了，说，明晚父亲那边吃饭，别忘了，明天下午回来换身衣服，穿新买的那条红裙子，就是两千多块的那条，让他们眼红眼红！

打完两通电话，他们之间的距离就像是隔了两条马路，努力地想要来到彼此身边，却无奈车流不息。

她对他说：叔昂，我要结婚了。

和我啊？叔昂问，笑得很灿烂。

她低头，泣不成声。

叔昂的笑僵住了，像个蜡像，他整个人也像个蜡像，冻住的，不敢靠近，更不敢抚她的肩。

她等自己不再哽咽，便告诉他那是个怎样的人，赵丰嘉，华光毕业的，现在是咨询公司的合伙人，比她大十岁。

叔昂说很好，很好，你是应该嫁一个这样的人，这样的人才配得上你。不该是我，也不会是我，我太没出息了。

她的眼泪又出来了。你知道我没有这个意思，她说，叔昂，在我眼里，你是最好的，我爱你原来的样子，我不需要你改变。

他嘴角抽搐几下，算是笑了笑，说，祝福你。

所以就是这样吧？不过是缓刑，他们分开了，她在路口扬招了一辆出租车，回画室，他向她挥手，车子开的时候，她不断回头张望，他还站在那里，看着他，他没有走。

她在画室里通宵作画，只有画画的时候她什么也不用想，什么也不用管。她画的还是他，只能是他，但是这一次，是他局部的身体，她曾经拥有的他的身体，她用他的身体做容器，来盛放她破碎的梦，这一次，只有她，旁人看不出她画的是他。

你喜欢表现男人的身体，这会对卖家造成一些限制，不过在艺术上倒是可以大书特书，女性主义，男色时代……大卫·刘说，然后我再跟大家说，这是未来最被看好的当代画家的作品，升值空间巨大，投资者一定会出高价。

玛利亚·林请他让一让，挡住镜头了。

画室一下子变得拥挤不堪，画好的和画了一半的画，画架，工作台，玛利亚·林的三脚架，闪光灯，遮光伞，五个人——玛利亚带了两个助手来。

她想起秦教授过去在课上是如何总结这个时代的，他说，这个时代哪有什么当代艺术？一切的当代艺术都是行为艺术。

呵呵，是真的。

周日晚上，父亲那边的家庭聚会，前一周就约好的，她母亲做东，想要当众宣布她的婚讯，她母亲等这一天等得太久了，终于可以穿上永安百货里买的苏绣旗袍，戴上大溪地的珍珠项链，她脸上搽的是雅诗兰黛的化妆品，耳后抹了点迪奥的香水,她的手袋是香奈儿,全是赵丰嘉的父母送的,她巴不得全穿出来,戴出来,涂在身上,对了,家里还有爱马仕的丝巾,她多么希望那些亲戚簇拥上来,像公园池塘里拥向面包屑的金鱼群,惊叹,问她这个要多少钱,那个要多少钱——这些乡巴佬,这些穷鬼,活该他们眼红,要怪就怪他们自己没有本事。不料这晚的饭宴竟被姗姗表姐抢了戏,她带了个预备结婚的男朋友来,是她和同学一起玩时认识的,中专学历,现在是消费卡的客服。

"客服啊?我知道的呀,就是整天坐在那里接电话,跟人家讲'对不起'的人。哎哟,工资很少的。"大伯母问那男人,"三千块钱有吗?"

"两千多一点儿。"姗姗表姐说,众人都揪紧了眉头。

"都三十好几了,还只赚这么点儿,往后有什么打算呢?"大伯母问。

那男人表情很尴尬,突然站起来要给大家斟茶,碰得餐桌乓乓响。

"刚倒好,忙什么,坐下来,我们在问你话呢!"小姑妈说。

"现在这点钱在上海租个房也不够,你想过以后你们的日子怎么过？往后有了小孩，小孩读书怎么办？"大伯母问。见他僵着不答话，大伯母冲着大姑妈道，"这你也答应？你的女儿欸，你不心疼？"

"她自己要嫁，我有什么办法？"大姑妈说，"反正往后吃了苦不要到我跟前来哭就好了。"

周允看到她母亲含着笑抿了一口茉莉花茶，合上茶碗的盖子，直起身来，她预备开嗓。周允有种预感，她说出来的话绝不会比她们好听。

"姗姗，不是小舅妈讲你。你看看我们小允。她赚三四万，你赚三四千，可是她找了年薪少说也有一两百万的人，你起码找个年收入超过十万的吧？这个人收入还不及你高，而且，"说到这里，她母亲挑起眉毛瞥了那男人一眼，似笑非笑，"个子也不高。你知道吗？像你这种身高，以前被我们叫起来，算'三级残废'，呵呵。"

呵呵。

一桌子的人聚精会神地赏玩他脸上的表情，红红白白，夹生肉一块。

上冷盘，来，大家吃，别客气。吃起来，周允的妈妈开始夸她未来的女婿，还是翻来覆去的那几句，华光毕业生，咨询公司合伙人之类的，没什么新意，因为其他她也不了解，不过就吃过几次饭的工夫，她哪里能知道得那么清楚？亲戚们听得兴致索然，都在闷头吃菜，他们说，这家饭店的菜色不错，这里订一桌要很多钱吧？

周允看着这位不知道能不能成为她未来姐夫的男人（以前有多少男人见识了她们家的嘴脸就没有敢再来），心里不是滋味。她放任了她母亲的滔滔不绝。她什么都不能说，她不愿叔昂也遭这份罪，她也不愿姗姗表姐回家挽着她男友说：哎哟，小允本事，小允争气，最后不也就找了个地铁司机！

她近来的脾气也有点儿不对，中午在食堂吃饭竟然和同事郑老师吵了起来。

起初大家只是聊学生，老师这工作就是这么无聊，聚在一起不是聊学生，就是聊家长。郑老师说现在有的中学生光明正大地谈恋爱，她觉得这个时代开放过了头，反而以前那些淳朴的东西丧失了。

周允不这么认为，她说，这个年龄段也应该谈一两次恋爱，人的成长过程中也需要累积情感的经验。

郑老师撂下筷子，筷子像鼓槌一样扣得桌子"咚"的一响。他们根本不懂得保护自己，会受伤害的。

哪怕受伤害，也是情感必经之路。周允很坚持。

两个人怒目而视，鼻孔里冒着粗气，像两只烧开的铜吊。

这不是周允的风格，她在学校里向来唯唯诺诺，多一事不如少一事，平日里如果郑老师说淳朴的东西没有了，周允会附和，会说是啊，真可惜。可今天不知道哪根筋搭错了，她还要接着说，她说，不受伤害，是无法懂得情感的，也是无法成长的。

郑老师直接不吃了，站起身来，捧着不锈钢饭盒去食堂后门的回收口把剩余的饭菜倒掉。

郑老师比她年长很多，在这个论资排辈的地方，这事情说出去，无论如何都是她不对。

郑老师一定会到处跟人说，添油加醋地说，说现在年轻的老师不得了了，读了点书，就以为自己什么都知道……她一定会忍不住要说，周允知道的，像她那个年纪的女人吃了亏不逞口舌之快是不行的。

周允等着，等着全校的其他老师来批斗她、开导她，纠正她错误的思路，既然她不对，她就要经受改造，她要先被教育，才能教育别人。

周允等着，等了一下午，郑老师那边还没任何动静，她就先收到一个噩耗，他们学校曾经的一位毕业生维安在美国出车祸死了。

维安，她虽未教过，但是她自从来这里后就一直听到她的大名。维安很优秀，所有老师都说，她对自己要求很高，各科成绩都接近满分，课外活动也很有规划，是全球中学生精英联盟的上海联络人，最后被哥伦比亚大学录取。她是个一分钟也不会浪费的人，在公交车上看书，在地铁上做作业，她的志愿是进入联合国工作，她在哥大也一样努力，凭着她过去的那种拼搏，她出类拔萃，刚得到哈佛大学肯尼迪学院的深造机会，老师说她的家人也一样出色，父亲是商界精英，母亲也是一位中学教师，特级教师，从小就告诉她，那些成功的人没有一个不是分分秒秒向着他们的目标前进的，他们一分钟也不会浪费。

如果维安难得花了一个下午时间和同学聊天（聊喜欢的明星）是会有负疚感的，她会晚上不睡觉把时间补回来，第二天她会掐好秒表说，我不能和你说话了，我今天和朋友闲聊的配额用完了。

学校里的老师还知道，维安没有一点儿自理能力，从不洗衣服，也不会做饭，她母亲说这会浪费她的时间。他们家有帮佣阿姨。学校组织学生去山区支教一周，她带了一周的换洗衣服，然后把脏衣服塞进塑料袋里，带回来给阿姨。得知维安录取时学校里的老师还笑话过她，去美国怎么办？难不成把阿姨也带过去？

真的，听说她父母每两个月轮流去看她一次，帮她洗外套，晒被子。他们为维安骄傲，他们说，我们家维安是要做大事的，不能把时间浪费在小事上。

然而，维安死了，死在凌晨时分的康州高速公路上，她去拜访一位名人校友，采访她的成功经验，为了更新她自己创建的一个过来人分享成功经验的网站（网站的粉丝已经破万了），她赶回学校，第二天午后还有有关中东局势的研讨会要参加，她得回来准备。她驾驶着租来的福特轿车，已经一宿没睡，她太累了，眼皮不知不觉合上，前方的车出了故障要靠边停下，她没看到那辆车一直打着的黄色信号灯，她撞了上去，车速很快，玉石俱焚。

郑老师是她当年的班主任。她一定也伤透了心，维安一直都是她挂在嘴边的骄傲。

学校里的老师都说，这孩子太可惜了，这么优秀。父母该有多伤心啊？培养一个这么优秀的孩子多不容易？

周允只是想，太可惜了，她可能都还来不及体会什么是真正的爱情。

她不认识维安，但她特别难受，心好像毛巾那样被人拧着，下了班她在画室里灌自己喝威士忌——她和维安是一国的，然而维安就这么死了，比她还年轻。她借着酒兴，给他打电话，要他来，她想看到他，她想他陪她说说话。他一接电话就赶过来，他一来，他们就疯狂地干着那事，在她的画室里，在地上，油画颜料弄了他一身，他笑了，说，你老是给我画抽象画。

她帮他洗，她打了一脸盆温水，用肥皂，色彩浅了，可是还有印迹。

让它去，别洗了。他说。她偏不听，她喜欢帮他洗，搓他的臂膀，搓他的背脊，搓他的侧腹……

那一晚，她躺在他的怀里，不知怎地，她跟他讲起张爱玲的《倾城之恋》来，她问他有没有看过，他说没有，他不太喜欢张爱玲。无妨，她说与他听。她说起白流苏和范柳原欲说还休、一波三折的爱情，说起柳原在一堵墙下说着天荒地老，说着"流苏，我要你懂我"，说起他们半夜打的那三通电话，说起柳原对流苏说，流苏，你不爱我。说起柳原问流苏，你的窗外看得到月亮吗？流苏泪眼中有月亮，却不回答，任电话在一旁放着。

叔昂说，这写的是我们的故事。

周允说，很多人都不相信范柳原和白流苏之间有真正的爱情，说他们不过是逢场作戏，各取所需，但我一直相信他们之间有很深的感情。那些人不懂，是因为他们没爱过。就连张爱玲也不懂，她自己当时也没爱过。

他说，他们之间爱得很深，我懂。

她说，他们多么幸运，有一场战争来成全他们，可我们什么都没有。

他问她，他有没有向她说过他外婆的故事。她说没有。

他的外婆，家里是老上海的资本家，开洋行的，还算比较开明的家庭，她想考当时的圣约翰大学，家里就给她请了个同济的在读学生来给她补习，这个人，后来就成了他的外公。可惜那个时候两人互生情愫，却因为外公家里实在太普通，外婆的家里死活不答应，也像那些电视剧里拍的，把她关起来，不让他们见面。后来到了建国前夕，上海很乱，人心惶惶，她家里要迁去香港，已经弄到了全家的船票，她在最后一刻使性子，她放开她姆妈的手，你知道的，那个时候去香港的渡船，人山人海，一放手，就是一辈子。她当时才十九岁，再见到姆妈是四十年以后的事了，她的父亲已经往生，她的母亲中过一次风，半边风瘫，不太能说话。团圆饭订在香港兰桂坊的上海总会，外婆是由外公陪着去的，说是说上海总会，可服务员听不懂上海话，要说广东话，他们又说不来，最后外公说的是他当年在同济学的一口流利的英文，把外婆姆妈的名字用英文报出来，服务员在登记簿上找，找到了，领了他们去。

外婆还是一眼就能认出她的母亲来，叫一声"姆妈"，她母亲能动的半边脸嘴巴裂开个细小的口子，眼睛眨巴一下，一串泪珠垂直掉下来，外婆也哭了。那一顿饭，菜几乎都没动，大家都在哭。外婆的姆妈说不了话，她用那只有知觉的手比画着，外婆的大姐解释说，姆妈问你这么多年过得好不好。

好，我很好，外婆说，挽着外公的臂弯。

姆妈你看到了没，虽然那个时候我才十九岁，但我没跟错人。外婆说道。姆妈笑了，只能是半边的脸笑。有知觉的手试图伸长指一指她，她知道，这个手势的意思是，你这个孩子哟，心肠真狠啊，为了男人连老妈都可以不要。

叔昂告诉她，其实他外婆过得一点儿也不好，后来"文革"，说她是资本家出身，还有海外关系，三天两头批斗她，连外公的工作都给耽误了，外公念的是赫赫有名的同济建筑系，才华横溢，可一辈子也没学以致用，可外公不肯听别人劝，不肯跟她划清界限。

你外婆果然没选错人。周允说。

可我宁愿当初外婆去了香港，她就不用受这么多苦，外公也不会一辈子碌碌无为。

还有我的爸妈，我爸许诺给我妈的最后也没有达到。我爸是个工人，很好学，自己钻研技术，也是电脑高手，286和dos系统的时代就开始用电脑了。原厂倒闭后他跟老师傅一起出去单干，做得很不错，但我爸有点傲气，给别人说起来，就是不会做人，和单位里的人关系处不好，后来就不做了，1997年撤资的时候有五十几万呢，当时算是一个天文数字了。后来他把这笔钱全部投入股市，就像别人上班一样，他也是一早起来坐在电脑前，到下午收市才离开去买菜做饭，晚上有时候还会做功课，画曲线图。炒了整整十年，你猜五十几万最后变成了多少?

周允摇了摇头。

只剩下三万了。

我妈和我都是后来才知道的,你不知道我当时有多气。你猜我妈后来跟我说什么?

周允猜不出。

我妈说,你别怪你爸,最起码你爸是在很用心地输钱。

我妈对我爸有点盲目崇拜,所以到退了休还得跟到常州去照顾我爸。

叔昂说,阿允,我担心他们说得对,仅仅靠爱是不够的,你如果选择我们的爱,你将来会后悔。

这就是她爱的人——魏叔昂——他毕竟是这个世界的人,他对爱没有信心。如果连他都没有信心,周允想,那也只好算了。

11

他们当着对方的面互删了彼此的手机号,约定从此不再联系。大家都说时间可以冲淡一切，其中一定也包括他们之间的感情。

这段关系悄无声息，没有第三个人知道，一如十年之前。

痛经再次袭击了她，突如其来，毫无征兆。她正在上课，期末考试前的最后一堂课，刚开始给学生分析阅读，肚子里就像有工程队在拆房似的——钩机、切割机、冲击钻、榔头……天花板掀掉了，墙塌落了，门窗卸下了，好好的一栋楼化成一摊废墟，断壁残垣上还被写上红色的"拆"字——她整个人一下子空了，然后就觉得冷，从脚底冉冉而生的寒意一路飙升至她的头顶，她下意识地撑了一下讲台，装作什么事也没有地把这一篇阅读题讲完，然后让学生先做下一部分的题。她快步走回办公室取卫生巾，顺便扎一位同事进教室帮忙看着。

时隔多年，她再一次有那种要在马桶上沉下去的感觉，腿是麻的，手是软的，她知道，尽管她表面上可以假装一点儿也不伤心，唯独她的身体骗不了她——她的身体代替她的心痛着。她受不了，她请了假，她要回家去。她给母亲打了电话。

冰莹说她在浦东花园石桥路帮忙盯她和赵丰嘉新房的装

修（她一直抱怨手术后身体没以前好，可每天盯装修从不延误，劲道十足），马上瓷砖要进来，哎哟，你不知道，他们家订的瓷砖很好的，西班牙进口的，我要看着，走不开。她说，你要是实在痛，就拦部差头回来，不要紧的。

我花我自己的钱，当然不要紧。周允心里想，可是没说，按掉手机，在校门口打了辆车回家。出租车开上南北高架，她原想看一看外面的，可高架的绿色挡板起得很高，平视和俯视都被拒绝，她唯一能看到的是高架两边的高楼大厦，玻璃的，钢筋水泥的。她接到大卫·刘的电话，大卫要她晚上七点半一起去约瑟夫·王家里拜访他，他说，约瑟夫·王很难约的，你今晚没事吧。

周允捂着肚子，说，没事。

冰莹和平日一样，在六点前到家，一听周允还要去拜访约瑟夫·王，就从电视柜的抽屉里翻出一盒止痛药来，给周允，说，以防万一。

周允吞了下去。

什么都可以掩饰，痛觉可以麻痹，苍白的脸色可以用腮红和唇膏掩盖，一打上腮红，周允发现自己的脸泛起难以言喻的羞涩，宛如怀春的少女。她不喜欢那样的自己，完全不像自己，可她母亲说，这样好，漂亮。于是她就这样出门了。

约瑟夫·王住在徐家汇辛耕路的高档公寓，周允早在华光念书的时候就听同学说过这个人的名堂，他在当代艺术圈里赫赫有名，有个封号叫"金手指"，谁的作品只要被他钦点立即价值连城。他是台湾人，东海大学毕业后赴加州大学留学，拥有艺术史博士学位，他在两岸三地，甚至纽约格林尼治村都有庞大的人际网，周允想知道，这样一位大人物会如何评价她的画。

大卫和她在小区门口碰了头，一同上楼，她看到，大卫手上提了一盒精致的冬虫夏草礼盒，大卫说，虽然我和约瑟夫认识十多年了，可该有的规矩不能省，你往后也要懂得这个道理，越是熟人，越是要懂规矩。

对了，你见到他要喊他"王博士"，他很在乎这个台头。大卫说。

周允点了点头。

给他们开门的是一个大学生模样的男生，穿汗衫和中裤，戴了副黑框眼镜，很老实的样子，进了屋，还看到长条的红木几案上有两个女孩子在查核着什么资料，也是二十岁上下的年纪。王博士正从里间走出来，他约莫五六十岁，可看不太出，容颜保持得很好，身材很高很挺拔，没有任何发福的迹象，鼻梁上架了副现今流行的透明边框眼镜。

大卫赶紧走上前，双手同时握紧王博士的手，示意周允把方才搁在玄关上的冬虫夏草礼盒送过去。

哎哟，都是老朋友了，这么客气做啥？王博士边问边把眼镜推至鼻梁，打量了一下这个礼盒。

要的，要的。不成敬意。大卫说。

王博士看完礼盒上的文字，把礼盒放到里间的办公桌上，这才从眼角里瞥了瞥周允。

这个，就是你在力捧的新人？王博士问。

是，就是她，华光毕业的，不是科班出身，好在肯努力，而且没有学院派那种条条框框。大卫说。

华光出来的？王博士皱了下眉头，那你认识秦一鸣啰？

秦教授是我的老师。周允答道。

说来也是一段缘分，大卫有跟你说过吗？我现在也是你们华光的校董。上次被邀请去你们学校开董事会，我很吃惊，你们华光确实人才济济，可是似乎人才太多了，学校反而不珍惜，我去你们艺术系，秦一鸣来接待的，他堂堂一个系主任，却在搞一本20世纪中西美术图鉴总目，还告诉我说，第一稿已经完成，做了整整五年，我跟他说，这不是系主任应该做的事情！系主任应该做什么？应该考虑怎么帮系里多弄点钱，他倒好，自己关起来做图鉴总目，还觉得很骄傲！他听了我说的，还不服气，在《文汇报》上拐弯抹角地骂我，说我是当代艺术圈的欺世盗名者，你说好笑吗？

周允不言语。

唉，也罢，你们华光的老师要是有本事，哪里还会留在华光？王博士说。

周允感到下体洪流奔腾，可她已经吃了止痛片，肚子不会痛了。

你说我说的有没有道理？王博士问。

大卫用手肘推了一下她的胳膊。她说，对，王博士，你说的对。

王博士领他们去里间，一个更大更亮堂的厅，总共放了四张办公桌，就是写字楼里摆放的那种，带挡板的，每张办公桌上还配有一台戴尔电脑和一台电话机。壁橱的最高一层有一只硕大的金色佛手在转动，佛手上刻满了经文，一遍又一遍唱着《金刚经》。王博士说，外面那几个，是我招来帮我做事情的。哎呀，我也烦，大卫知道的，我海外关系多，有好几个大学找我做他们的招生代表，大陆竞争这么激烈，又有这么多孩子考不上大学，那我就做做好事，帮帮他们啰，牵根线，让他们去美国念书。我这人就是菩萨心肠，好普度众生，外面那几个，家里都穷，念不起书，我也帮帮他们，让他们去我有关系的那些学校念念会计什么的，可以拿到奖学金，出来也容易找工作，多好？喏，大卫当年去美国念学位也是我帮的忙呀，对不对，你说要拿一个艺术管理的学位才有资格踏进这个圈子，我早就告诉你不用这么麻烦，跟在我屁股后头不就行了？

那个时候多亏王博士帮忙，不然我没有今天。大卫说。

当年十足的艺术青年，好在现在聪明了，懂得炒作潜力股了。王博士说。

大卫笑笑。

喏，给你看看我们学校的资料。王博士说着翻开一本宣传册，递给周允，周允看到，学校的名字下方有一行介绍：在美国当地升中国国旗的大学。

你有空啊，帮我问问看你们华光有没有在校的学生愿意来帮帮我的，我给的工资不会多，但是这样，最好他们自己本来就打算申请研究所，这样通过我们这里申请也不用额外付钱，另外，我在很多学校都有关系，肯定能帮上忙。你不知道，我就缺一两个能干的人，外面这些废物，尽给我添乱。

王博士这么说，外面的三个学生似也全无反应。

没问题，周允正好是英语系毕业的。大卫替周允承应下来。

最后王博士说，大卫，你的忙，我知道了，我给香港那边的人打通越洋电话就可以了，我稍后给你张名片，你们画好直接快递到他那边就行了。

这就是传说中的约瑟夫·王，传说中当代艺术圈的"金手指"，呵呵。周允之后确实帮忙在华光的论坛发了个帖让有兴趣的学生直接联系王博士，即便没有什么工资可言，还是有很多人愿意去的，华光的学生绝不想错过结识约瑟夫·王的机会。

过了两周，暑假开始的第一天，周允预备全心扑在她的油画上，许久没有联系的阿宣突然打来电话，问周允，你看到了吗？周允反问她，看到什么？阿宣就转了个华光论坛的链接给她，周允才看到这条宣称要揭露艺术系系主任秦教授不为人知的一面的热门帖。周允越看心跳越快，发帖人拟当代艺术圈知名青年画家的口吻诉说当年跨系来旁听秦教授的课，原本以为是秦教授赏识自己的才华，不料之后秦教授三番四次以此作要挟对其性骚扰，最后毅然弃笔。她看完，赶紧打电话给阿宣，说，不是我写的呀。阿宣说她也觉得应该不会是周允，所以早晨来报社一听同事们在讨论，就赶紧打给她。不过周允啊，阿宣说，已经传得人尽皆知了，而且你知道吗？眼前这个当口正好是艺术系要转成艺术学院，很明显，有人看不得秦教授作院长。

周允查看发帖人，她猜是某个去约瑟夫·王那边帮忙的华光学妹，她翻出之前联系的手机号，打给她，这个学妹也说不是她发的，但是她的论坛密码有留给王博士那里的助手，他们说以后招人方便一点，她发现这条帖子后想立即删的，可密码已经被改掉了，她登不进。她一直在道歉，害周允也无法多说什么，挂上电话。先打给大卫·刘，问他这是什么意思？大卫不知是真不知道，还是假不知道，他说，你等等，我帮你查查哦。这个圈子的人都如黄鳝一般油滑，他们会装傻充愣，搞得你没办法冲他们发火，一发火就成了你歇斯底里，你泼妇骂街。周允心里清楚，她说，那你查好，给我一个交代，便挂上电话。

周允按掉这一通，赶紧拨了另一通给秦教授，祸因她而起，她必须讲清楚。电话里的她百口莫辩，她自责，她悔恨，她恨不该去见约瑟夫·王，秦教授听后反倒很平静，他说他猜到不是她，无须内疚。

周允，哪里都有这样的小人，你不用怕得罪他们，你要做你自己，遵从你的内心。秦教授对她说。

这道理她何尝不懂，可是她……她只能说，谢谢秦教授，真的很对不起。

而后大卫·刘果然佯装贵人多忘事没有给周允一个交代。而周允也没有再提起，她毕竟是个怯懦的人，况且她还想着参加香港国际青年画展，她不敢得罪约瑟夫·王。

从那天开始，很多不认识的人通过网络来攻击周允，有的说她是白眼狼，秦教授如此恩重于她，她却恩将仇报，当然也有另一些表态要声援周允，称赞她有勇气，抵抗校园中的黑暗势力，要封她为华光的圣女贞德。

周允每天被这些评论和留言簇拥，看他们互相掐架，她也只好笑笑——呵呵，这些不明事理却急于表达的人，这个流于皮相的滑稽世界。

这几天她唯一表达不满的行为就是不去画室，全天窝在家里的阳台上画余下的画作，她母亲或许觉察出某些异样，她几次三番送削好的水果进来，鬼鬼祟祟，欲说还休，慢吞吞地挪到阳台门口，右手在阳台门把手上摸了许久，终于，当她第四次来给周允添茶水的时候，她摁不住了，她低声问，周允啊，老实告诉妈，你有没有给男人破过身子？

啊？

周允还以为母亲是关心她的情绪，想问她究竟发生了什么事，怎么突然一下子不去画室了，没料想到她母亲的喉咙口竟然盘踞着这么一个难以启齿的疑惑。

周允不知该如何回答，她沉默了。

她母亲蓦地靠过来，猛力拍了下她的背，你说，到底有没有？

周允这下只得微微点了一下头，咬着下唇。

她见她母亲面色凝重，整张脸像混凝土，糟糕，儿时考试考得不如意她母亲就是这副表情，她母亲要骂她了，要她交代自己怎么这么糊涂，这么不知廉耻，交代是什么时候的事，和谁。

周允没有握画笔的左手捏着衣服的下摆，把手指绕进去，又放开来。低着头，不敢看冰莹。

"哦，算了，那也没什么，我早就问过你姨妈，就是怕有个万一，她说现在可以补膜的，是微创手术，我慢点打电话问她要个地址，等你'老朋友'干净了，我带你去。"她母亲说，脸上不若混凝土了。

为什么要补膜？为什么要跟姨妈说？周允的脑袋里响了一记瓮声瓮气的雷。

"实在不行下个礼拜一就去补掉。下个月赵家阿爸想你们俩先去把证领掉，好准备后头的事情，他们家也没什么其他要求，就是要求他们的媳妇必须是处女。你自己到时候脑子拎拎清哦，别戆吼吼地跟人家讲就可以了。"她母亲说。

周允想象着那个情景，赵丰嘉那位年逾古稀的父亲试探着问她母亲她是不是处女，抖抖豁豁，想必给她母亲添了好几次茶，他自己一定也觉得不妥，问这种话要吃耳光的，可是不问心里又不罢休，砸下这么多钱，又是新房又是装修，儿子的钱，不能花得不明不白。而她母亲一定是含着笑回答说自己的女儿自小就很乖，从不会做逾矩的事，要他放心。

呵呵，她母亲的涵养可真好。

后一周的周一，正巧是她二十七岁的生日，她在二十七岁生日的当天，很意外地恢复了处女之身，只可惜是假的，现在的周允，从头到脚，从里到外全是假的。

这一天还有另一件大事发生，华光艺术学院揭幕，院长是从其他美院来的空降兵，秦教授任副院长。无论是否与她有关，她自知有罪，此生都已没有脸面去面对她的恩师了。

12

整整迟了一年，那些暗夜的声响和梦魇还是追上了她，她终于把一系列的新作品赶完，上保护油，覆上保护纸，然后让画廊派工作人员来搬走，一同装箱，保价，请联邦速递来收，运去香港。她对最终的作品并不满意，大卫·刘隔天就打电话来催，要她别误了进度，她母亲也天天在催，要她多跟赵丰嘉联系联系，都是马上要领证的人了。说来有意思，反而是相约要结婚的两人，倒没什么着急，基本不见面，他说忙，她也说忙，至多是微信上传几条简讯，也不会传语音。你在忙啊——是啊，我在画画，你也在忙啊——对，在加班——那不打扰你了——我也不打扰你了。大家都客客气气的，尽可能不接近对方。

连见面都懒得见的两个人,要怎么厮守一生?周允不知道,懒得想,仿佛结婚是与自己无关的事,婚是结给她母亲看的。

画室倏地空了,保洁人员来打扫了之后,雪白的地板,雪白的墙,雪白的办公桌,简直像个殓房。周允的心也空落着,她想画一个至少让自己满意的系列来祭奠这场夭折的爱情,可是最终也不过草草了事,大卫·刘说没关系的,当代艺术最重要的是标新立异的理念,其他的都不重要,越是怪异越是先锋,他还说,索性把你的这个系列作品称为"犯罪现场"吧?看起来很像分割下来的尸首?或者索性就叫"分尸",更吸引眼球?

周允只好笑笑,她画的原本是生命——激烈的性爱令她想到死亡,好比火车卧轨的刹那,身体随着火车渐进而激烈地颤动,但越是因为死的临近,越能感到生的欢悦,她本应画下的就是那一瞬间苏醒的身体部位,每一段肢体都在绚丽地绽放。谁让她草草了事,把生命糟蹋成了尸首。

那还是叫"犯罪现场"吧?"分尸"太直露了,缺乏联想空间。周允说。心里想,呵呵,确实也算是"犯罪现场"。

好歹工作完成,她收拾好东西,登上地铁,踏进一号线车厢的时候她总不免会想此刻正在开车的人会不会就是叔昂？她直觉是的，因为这趟列车安稳、笃定，给她一种无需拉扶手的踏实感。她决定不拉扶手了，仅仅依赖双脚和列车的接触，那两个自己匍匐在叔昂身上的夜晚。上海火车站到了，她面前的一个中年人刚站起来准备下车，旁边的一位老妇人立马挤过周允抢下这个座位，她的年纪虽然大，但冲力不减，差点儿把周允撞倒，周允整个人都已经跪了下来，幸而本能地抓了一下栏杆，不至于摔个狗吃屎。老妇人坐下，大约生怕左右的人说闲话，说她"吃相难看"，她便喃喃自语道，我年纪大了，多站腿脚吃不消，对不起。我年纪大了，多站腿脚吃不消，对不起……她这么说，周允也没办法表示任何的气愤，随着成长她已逐渐丧失表达愤怒的能力。

她等不到叔昂所说的从地下升至地面的第一缕阳光，在中山北路站就下车了。这一天，她容许自己泡个澡，早早地睡下，想着终于可以睡个安稳觉——而后那个被火烧的女人就追来了，梦中的她回到了原先的那个家四楼拐角的房子，那个女人坐在门口，大火，红彤彤的，她在大火中，她的头发、脸和身体都是黑的，周允再次好奇地走近她，这一次她没有伸出手来，而是在靠近她炽热难耐的瞬间，她睁开了双眼，露出两颗像煮熟的鹌鹑蛋似的眼白，她只有眼白，没有眼黑。

周允醒了，连额头都直冒冷汗，而后她听见有脚步声向她的房间靠近，那脚步声好像知道自己被听到了，有意变轻，可暗夜的地板是敏感的，会吱呀，会嚎叫，周允还是能听见，脚步声在靠近，她怕自己还没醒透，跌进了另一重梦境，那个被火烧的女人要来找她了，睁着一双没有瞳孔的眼睛，她想彻底醒来，可是没有办法，很多时候被梦魇缠绕，她想要挣扎，可就是没有办法。

声音愈来愈近，愈来愈清晰，她甚至能感到一截干枯的手已经抓到了房间门的把手，正要旋开，她脊背上的汗毛根根竖起，她用被子蒙住头，确实在那一刹那，没有声响了，但很快她听见她房间正对的厕所门被旋开了，她才听清那是一双拖鞋的声响，厕所的电灯开关被按下，而后马桶盖被掀起，马桶圈被放下，而后，片刻的间隙，再有抽水马桶的声响，电灯开关被按下，拖鞋声渐行渐远——那是她的母亲，她不是在做梦。

周允恍然觉得那梦中的女人或许就是她的母亲，那个被火烧的女人，虽然从未看清面庞，可那身形、体态、沉默的姿势、都像她的母亲，越想越像。可她为什么会做这样的梦，梦见她的母亲被火烧？为什么每一次梦见母亲被火烧她都能无动于衷，只想着去窥一窥究竟？解梦的人说梦见某个认识的人死亡说明你潜意识对她是有恨的，如若你哭泣那说明你还有悔意，如果没有哭泣则证明你暗地里希望她死。

原来，她的内心深处怀有对她母亲的怨恨。原来，她这么冷血，这么恶毒。

这个盛夏的清晨她没有再被别的声音所搅扰，蟾蜍、黑犬、啮齿动物或丛林狼，它们都安静地睡下了，她特别清醒，没有伸手去够床头柜的闹钟，她静静躺着，呼吸着盛夏清晨潮湿的空气，她在想她的生活怎么会堕入今天这番境地。

她想起了神，想起那尊卧佛像，想起她曾经与神做的交易，八年之前。今日的一切都源于她的诚心祈求，都源于神的赐福、神的成全，她母亲健康平安地活了下来，她也努力达成母亲的期望，而今她达成了——她事业的丰收，婚姻的成功，工作的保障——她终于达成对神的允诺，她母亲有幸亲眼见证这一切，享受这一切。神太公平了，公平得教人毛骨悚然。

她问自己，如果知晓今日如此，当日的她还会如此向神祈求吗？她想必还是会的，她母亲的半生婚姻全是为了她在苦苦煎熬，一生的价值也全捆绑在她的身上，过度的爱也不过是为她着想。伟大的中国母亲的爱，她岂能辜负？岂能不孝？父母和爱情，二者选一，周允应当选择父母，所有人都在教育他们这辈年轻人，告诉他们此生对你好的唯有你的父母，你的爱人对你再好，也完全不能与父母的大恩大德相提并论，所以年轻人，趁父母健在，要尽一切可能尽孝。

如何尽孝？孔子早就说过，切勿违背父母的意志。

切勿违背父母的意志，也就是说，切勿再思念魏叔昂。周允告诫自己，可她的身体再度背叛了她，她的乳头在变硬，下体在变得温润，她感到分外的寂寞，这寂寞与暗夜的恐惧一样教她无法忍受。

她一觉睡到早上九点，梦境里那个被火烧的女人一直伴随着她，她还是怕，可醒不过来，周允的梦境像一个长镜头，聚焦在那团火焰上，周允本人仍旧没有出现在梦中，她应该是在镜头背后默默注视着这一切，女人的双目闭着，手安放在盘起的双膝上，像在打坐，或是在冥想，周允看着她，看着火焰的舞姿，像京剧舞台上的水袖，色彩纷呈，不仅是红、金,她还看到紫色,看到蓝色,看到越靠近人体的近旁火焰的色彩越是冷淡,一如酒精灯。

醒来的时候她疲惫不堪,她走出卧室,准备去厕所洗漱,无意间听见母亲在跟谁讲电话,压低了声音,她只能听清母亲这边说的话:

"你那个人可靠吗?他真的这么说啊?你问清楚了吗?

"这现在怎么办?下个礼拜就要领证了,房子也快装修好了。

"阿姐,你现在也看电视的呀,条件好的男人早就被抢光了,小允也不是不晓得,读书画图还可以,碰到好男人,豁又豁不出,再讲,虚岁已经廿八了,往后要寻这样好的就更加难了……

"对了,我还没跟你讲啥?他们家姗姗哦,就是他阿姐的小孩,要结婚了,呵呵,真的要嫁给那个消费卡客服哦,你说说看她呀,三十多岁的人了,脑子还拎不清,现在上海物价这么高,两个人就赚这点点,往后有了小孩,不是苦小孩吗?

"不过我再想了想哦,有种事体讲不清楚的,讲不定是赵丰嘉老底子没碰到过欢喜的小姑娘呢,他到底是男人,搪不牢的。再讲，有了小孩以后，肯定有感情，这样一来，他们家只会更加重视小允，因为小允成了他们的救命恩人……"

冰莹忽然发觉周允在厕所门口站着听自己讲电话，脸上闪现过仓皇的表情，可即刻就镇定了，满脸堆笑，说：哎哟，小允，起来啦？干吗不多睡一会儿，难得睡个懒觉。见周允进了厕所，关上厕所门，她才继续和电话那头说话，没说几句，便挂断了。

整整一天，冰莹都没有和周允交代那通电话，交代赵丰嘉究竟存在什么隐秘的问题，吃过早饭，她仍旧和周允她爸一道出门去浦东盯装修，五点半左右回来，回来也没多说什么，也不准备多说什么。但周允已经听出来了，她不傻，她恍然大悟，为何那个人的父母愿意在他们的新房上不惜血本，要弄成规格最高的样子，是为了补偿她，因为他们自知要对不起她。她忽然也明白他的父母为何这么在乎她是不是处女，不是出于某种古老的道德伦理观念，而是只要她没有过这方面的经验，她就可以接受这样的命运安排，有些事情可以一辈子也不用知道。

反而她在心里是真心祝福她姐姐的，这个姐夫勇气可嘉，看到他们周家这副德性还愿意娶她，很可能是真的爱她。

晚饭后，冰莹出去散步，她现在要保持身材，不然买这么多漂亮衣服都穿不了，岂不可惜？现在的她除了要去周家扎扎台型，别别苗头，也绝不肯错过中学同学会和小学同学会，虽然大家都老了，都是被人喊阿姨妈妈叔叔阿伯的年纪，可所有来的人浑身上下都堆满最好的行头，冰莹必须证明她才是过得最好的那一个——她得让别人瞧瞧，她陈冰莹今时不同往日，老天爷是公平的，老公靠不住，女儿争气，搭配好的，买一送一，到头来还是她划算。她母亲前脚刚出门，她父亲后脚来敲她的房门，很少见地，她打开门，看着这个已经半老不老没有任何魅力可言的上海男人赤裸着上身，汗像露珠一样结在他面包糠色的胸口上、大臂上，还有刚吃完晚饭显得特别鼓囊的肚皮上，他有些紧张，哆嗦着，他说：小允啊，爸想来想去，有句闲话还是必须跟你说，如果你不想结这个婚，你就跟你妈说不要结。说完他就像犯下弥天大错似的，急于离开肇事现场，钻到厨房间洗碗去了。

呵呵，她的爸爸，或许还为自己说了这些而扬扬得意呢，或许还以为自己这些年一直扮演了好父亲的角色呢！他在她妈跟前连个屁都不敢放，等她妈一走就鬼鬼祟祟地跑到她跟前说"如果你不想结这个婚，你就跟你妈说不要结"，他都不敢说"如果你不想结,我去跟你妈说这个婚不结了",他没有这种底气,她从小到大,他要么躲在她妈背后,要么躲在她的背后,可是这个战战兢兢、抖抖豁豁的男人,心里却是爱她的。

她已经无法想象了,如果继续这样下去,接下来迎接她的还会有什么?她不想结婚,可又没有十足的勇气跟她母亲摊牌,她瞧不起她爸,可骨子里流淌着他们周家畏葸的血液,甚或她都不知要从何说起,她不要嫁什么赵丰嘉,也不要再画那些连她自己也不满意的画,她想过的,他们可以把房子置换到中环外面,用差额支付违约金,那份教职她愿意先做着,维持家庭的日常开销。可她只敢想,不敢对她母亲说,她母亲一辈子的努力、骄傲和希望都集中在这一刻,她不想她母亲戳她的脑袋说她为了个什么不中用的地铁司机简直是昏了头了,脑袋拎不清,哪有好日子不过,去过穷日子的道理?她的母亲有一大通理论,一大通所有人似乎都能明白的理论,她知道她母亲全是为她好,她自知说不过她。

她最终什么都没说,可她在家里待不下去,也不想去画室,暑假里她不用去办公室,她没地方可去,她在美术馆里待了一整天，傍晚闭馆后她还是不愿回家，可她的身体不听使唤，不由自主地走到了叔昂家的楼下，她告诉自己她只是看一眼，看一眼他的家就好，最后看一眼她就满足，然后她就回去，了却人生中唯一的真。她仰头看着叔昂家四楼的那两扇窗户，水蓝色的窗帘放下了，她曾经要求叔昂为她掀起的窗帘。

她站了许久，盛夏的夜姗姗来迟，她一直站到斑斓的晚霞被深蓝浸染，站到天色从深蓝转为紫罗兰，大概已到下班时间了吧，小区里熙攘起来，来来往往的人多了，都是疲惫的面无表情的人，她也是时候走了，也该回去了，总要走的。她走到路口蓦地停住，双脚牢牢粘在铺砖的人行道上，她感受到周遭的空气像皮筋那样绷紧了，而她对面那个人的双脚也粘住了，他没有换下地铁司机的制服。他们四目相对，没有说一句话，可一见到彼此，只看了一眼，泪水就蛮不讲理地充盈了他们的眼眶，她无法不看他，他也无法将她从目光中移去，那一刻，他们的世界是真空的，时间已失去意义。

他们也不知道就这样站着对视了多久，直到天黑，直到路灯的黄色光晕披洒在他们身上，直到那些消失的路人又闯入他们的世界。她忽然迈步跑了，一跑风就吹散积蓄在她眼眶里的泪，她反复告诫自己不要回头，不许回头，一回头就会舍不得，她的背后固然没有眼睛，可她的背烧灼着，燃着熊熊烈火，她知道是因为叔昂一直看着她，他会一直看着，直到看不见她为止。

古希腊的英雄们终于决定要进攻特洛伊城，他们士气高涨，所有的舰队都聚集在奥利斯海港蓄势待发。一头长着美丽斑点的牡鹿跌跌撞撞地闯进了迈锡尼国王阿伽门农的眼帘，他身旁的英雄们好意提醒：国王，那头牡鹿万万射不得，它已被献给月亮与狩猎女神阿尔忒弥斯，傲慢的阿伽门农偏不听，他拉弓发箭，一箭毙命，他手提猎物，夸下海口，说就算阿尔忒弥斯本人也不能射得比他更准。于是，女神震怒，施展神力，让奥利斯海港一连数周波澜不断，让希腊人的舰队无法扬帆。

战争应当开始，希腊人却无法启程，他们请求随军祭司卡尔卡斯占卜神旨，卡尔卡斯预言：如果希腊人的最高统帅，阿伽门农，愿意将其长女伊菲革涅亚献祭给女神阿尔忒弥斯，那么我们的罪过将会被宽恕，海面上将刮起顺风，神祇再也不会阻止我们攻占特洛伊城。

阿伽门农有过犹豫,甚至感到绝望,他固然爱他的女儿,他试图辞去希腊最高统帅的职务,以换取女儿的性命,可是希腊人听到他的决定,扬言要叛变,他就动摇了,写信回家,要求妻子克吕泰涅斯特拉把伊菲革涅亚带来,谎称要将其许配给英雄阿喀琉斯。

伊菲革涅亚是怀着怎样欢愉的心情来到奥利斯的?盛装打扮,怀着少女的娇羞和期待,在母亲的陪同下?她一定以为等待她的将是一场无比幸福的婚礼。英雄阿喀琉斯,全希腊有哪一个女人不渴望成为他的妻子?不料迎来的却是一场华丽的祭奠,到了谎言拆穿的那一刻,她显得异常果敢,她说,她愿意领受死亡,她说如能牺牲自己而征服特洛伊,那么这就是她的结婚盛典。

女神阿尔忒弥斯怜悯她,祭刀下的她突然消失不见,躺倒在血泊中的是一匹苦苦挣扎的美丽的牝鹿。这之后,伊菲革涅亚一直被留在陶里斯岛上的女神神庙里作祭司,一直保持着处女之躯。

周允吃过晚饭后早早地回了房间,叔昂看她的眼神让她无法释怀,她一想到方才那一幕,双眼便噙满泪水。恰恰是在这种时候,她的脑袋异常清醒,不可理喻地清醒,如一台自动报幕机清晰地复述起这则古希腊的神话故事来。念书的时候没想这么多，现在的她回忆起这则神话，疑惑越来越多。她闹不明白为何因父亲鲁莽而犯下的罪责必须由女儿来承担，她也不明白为何神会像人一般喜怒无常，而她最想知道的是伊菲革涅亚在陶里斯岛上的二十年光阴是如何度过的？歌德创作过一部题为《在陶里斯的伊菲革涅亚》的诗剧，他把伊菲革涅亚看成是一心思乡的天真无邪的孩子，事实果真如此吗？多年之后，她的母亲克吕泰涅斯特拉为了她而杀死丈夫阿伽门农，她的弟弟俄瑞斯忒斯又弑母替父报仇，伊菲革涅亚会怎么想？她对父亲难道没有一点儿怨怼？她与弑母的弟弟之间难道没有一点儿嫌隙？无数个寂寞的暗夜里她对英雄阿喀琉斯难道没有一点儿念想？她果真无欲无求，可以如歌德所写的跟随她的弟弟回到她日思夜想的故乡希腊，就当什么事也没有发生？

周允觉得现今的自己就是陶里斯岛上的伊菲革涅亚，虽然她的父亲不是国王阿伽门农，她的母亲也不是克吕泰涅斯特拉，他们只是一对无聊的好人，老实本分的上海市井小民，做不出波澜壮阔的事来，但并不妨碍她在八年前把自己献祭给神，而今她作为神的女祭司，将要度过看似光鲜却暗淡无趣的漫漫人生？她绝不相信伊菲革涅亚是求仁而得仁，又何怨的。

为什么伊菲革涅亚就不能自私一点呢？她完全可以逃离献祭，让英雄阿喀琉斯带走她，阿喀琉斯绝对有这样的能力带走她，祭坛前阿喀琉斯已经承认了爱她，她完全可以与阿喀琉斯私奔，去海角天涯，过他们与世无争的日子？抑或是陪伴在他左右，伴他征战沙场？只不过是在后世被人无情唾骂，说她贪生怕死，说她不顾希腊的民族大义，说她魅惑已婚的英雄……可如果能够得到今世的幸福，那些谩骂与自己又有何干呢？

伊菲革涅亚的牺牲是有罪的，她的无欲无求是经后人粉饰的，他们在重复这则神话故事的同时，会冥冥中传达伊菲革涅亚的选择是正确的，并且是唯一正确的……

这些沾着唾沫的故事，这些被奉若神明的知识，这些高墙一般的文明的经验，滑稽而无用，周允想着，甚至无法厘清这些东西与人类之间究竟是鸡生蛋，还是蛋生鸡的关系？她在恍惚间睡了过去，再度梦见那个被火烧的女人，坐在她原先的家门口，这一次的梦境比以往任何时候都来得清晰，她走到她的身旁，氤氲不再如浮动的薄纱覆于她的面部，她终于看清她的模样。那个女人不是别人，不是她母亲，而就是她自己，是她自己被大火围困，烧灼的火焰，呛人的浓烟，她不是毫无痛感的，她的每一寸发肤都在挣扎，她呼救，可她的手脚动弹不得，嗓子也已喑哑，发不出声来……

周允在凌晨的四点惊醒，她摸到床头柜的闹钟，按下背光键，看到准确的时间。凌晨四点向来是令她舒心的时刻，在过去那些被梦魇缠绕的支离破碎的夜里，她只要听见凌晨四点窗外响起的芦花扫帚的"唰唰"声，暗夜的生灵就一齐退场，因为她知道，白昼将要降临。她披着毯子坐起来，调整百叶窗的遮光板，她的心仍旧跳得很厉害，她要等待清晨的第一缕阳光，唯有那缕阳光可以抚慰她，叔昂说过，那是生命的意义。

那是个阴天，她没有等到阳光。

一整天天气都闷闷的，山雨欲来风满楼的那种，天空一半黑一半白，从周允家窗口看出去的房子也是，这一边是烟灰色的，那一边白得吓人，冰莹一早起来就说不舒服，说大概是气压低，胸口闷得慌，脑袋里像有一大把针在戳。周允给母亲拿来体温计，量了量体温，没有发烧。

挨过中午冰莹还是不舒服,说是头痛,胸口痛,后背也痛,浑身都痛。周允问要不要去看医生。冰莹说,可能是这段日子盯装修盯得太累,要不这样,我睡个午觉,睡好起来,如果还痛,我们就去看。

周允说好。

她给她母亲铺好床,垫好枕头。她母亲就换上睡衣掀开薄毯躺进去。这一瞬间,她脑袋里突然冒出一个念头,一个冷冰冰的大逆不道的念头,她直觉她母亲的命数将近,她甚至觉得这是个再好不过的时候:她已是初露锋芒的画家,她母亲眼里的成功人士,她下周一就要和赵丰嘉登记,将有个令她母亲满意的归宿,她也没有辞掉学校的教职,以后外孙入读名校有望,女儿的人生上了这么多重保险,没什么需要为娘的再操心了。一刹那的工夫,她甚至觉察出自己对这种预想的火急火燎的期盼,一切结束后,她大约会立刻打给朱玫要叔昂的电话,她不怕她会多说什么,然后打给他,她会呼唤他的名字,告诉他她不会后悔,她会说只有那些没爱过的人才会后悔,他们不会。从此以后,她要过真实的生活,她自己的生活……

她母亲睡下了,不一会儿就睡着了,发出轻微的鼻息。

这个屋子变得愈加阴暗，天空的阴阳脸愈加分明，这里显然是黑暗的一面，她生出一种直觉，这一刻神就在窗外逼视着她，那张阴阳脸就是神的尊容，神要把决定权交还给她，一切应当由她来抉择，而不是由神。

她有了决定，而后闪电像照相机的闪光灯一样把房间照得彻亮、煞白，把人的灵魂也照得彻亮、煞白，而后打雷了，有人正挥舞着大砍刀把天空剁得稀巴烂，阴阳脸弥合，神退场了，而后天地间下起莽莽苍苍的雨来，雨声喧哗。她的母亲没有醒。

2015-3-26～2015-5-3

于上海

狗头熊

十一点刚过，大家都蜂拥到学校的食堂领午餐，肚子饿只是部分的原因，更重要的是食堂小得可怜，去晚了没位子，只能挤到零零落落的位子和陌生的同事相对而食，憋不出任何能交流两个回合以上的话题，最后成了闷头吃，偏偏午餐又难以下咽。

还是晚了，十一点十分和两个同年进校的老师下去，应该是大家都赶早了吧？食堂密密麻麻挤满了人，霍嘉衣早已用鹰似的目光搜索空位，没有三个人的座位了，排队领餐的队伍还是那样长。"我们到外面吃吧？"霍嘉衣提议了一句，所谓的"外面"指的是操场旁一棵大松树下的两张木板凳，外教常常会端着不锈钢餐盒坐在那边用餐。没有回应，霍嘉衣也料到了，校长前不久在教工大会上申明：不允许中教把餐盒拿到食堂以外的地方进餐。

可是位子依然没见添。轮到他们三个，霍嘉衣老实地谦让，他俩坐在一起，他捧着饭盒无头苍蝇般寻觅座位，一位老教师站起，拍拍屁股，留下两摊尿似的汤水在桌上，招呼他来坐，他坐下，身边是一位生面孔的女教师，同桌的另两位女老师有说有笑。他朝落单的新老师尴尬地笑笑，露出番茄色的牙肉，对方也微笑回应，两秒钟，低下头去，扒饭。

"你是教英语的吗?"霍嘉衣问,对方腼腆地点点头,"对哦,我好像有点印象,上次教工大会介绍新老师的时候介绍过你。"

对方又莞尔一笑,笑得霍嘉衣像没事找事的讨厌鬼。也可以选择快点吃完走人,像大多数人那样,既然搭讪并非霍嘉衣擅长的事情。

"你听说过狗头熊吗?"他吞下一块未拔净毛的红烧肉,忍不住问了一句,他也不晓得这句话是怎么从他的喉咙口滑出来的,真傻,他即刻后悔了。

往往是这样,他没话找话的时候嘴里会自说自话地溜出"狗头熊"三个字,听到的人往往一愣,瞪大眼睛看着他,接着拨浪鼓似的摇摇头,有的人或许还会反问他:

"狗头熊,到底是狗还是熊?"

"其实……我也不知道……所以才问。"霍嘉衣只能这么说,声音逐渐减轻,他觉得他的身体也在逐渐萎缩,寻个洞好钻进去。

狗头熊,他只是年幼的时候常常听妈妈聊起:

"如果你到深山老林里碰到有人拍你的肩膀,千万不要回头!拍你肩膀的不是人,是狗头熊,它会趁你一回头,咬断你的脖子，吸干你的血液！"

"那要怎么办？"他第一次听妈妈说的时候大概才上幼儿园，害怕地哆嗦起来。狗头熊，光听这个名字，就足够吓人了。

"不要怕，去深山老林的人一般都带匕首，只要有人拍肩膀，立即把匕首往后一扎，狗头熊就被捅死了！"

霍嘉衣长长地吁出一口气，这下放心啦，狗头熊死掉啦。

慢慢地才觉得这个故事很诡异，妈妈为何要跟他说这个？生在上海的他或许一辈子也没有机会到深山老林去，即便真的去徒步，连棕熊都被抓走取胆了，还有机会遇见狗头熊吗？

幼年的他没有问过妈妈，刚刚才镇定下来，肩膀不再颤抖，他只问过狗头熊是什么，妈妈也讲不清楚，说似乎是熊身狗头的怪物，可到底是什么，她真的不知道。这些是妈妈的爸爸说与她的，她似乎也还小，记忆功能刚开始运行的时候，也像霍嘉衣一样吓得睁大眼睛，直到听爸爸说狗头熊被匕首捅死才如释重负。

妈妈的爸爸，却不是霍嘉衣的外公。妈妈是被抱养来的，三年困难时期亲生父母送走了她，她说自己记不清楚，有个右侧脸颊长痣的叔叔,火车又破又颠,没日没夜,说来倒有点像跳帧的黑白电影,然后就到了现在的外公外婆手里,陌生的叔叔连同他的那颗大痣一走了之,再也没见过,妈妈改名换姓,旧的名字记不得了,亲生父母是谁在哪里她也不晓得。

十多年了,如果不是凭着旧照片温故,霍嘉衣或许也早就记不清母亲的长相了。母亲的右耳垂有条裂纹,剪刀剪的,母亲依稀记起剪耳垂的人就是跟她讲狗头熊故事的爸爸,她肯定在被剪的刹那哭天抢地过一阵子,但早就不痛了,耳垂的伤口结痂、愈合、长肉,成了蝴蝶上翅和下翅的分水岭。是从这里霍嘉衣开始读到这个世界的似是而非:丢弃孩子是为了让她活下去,剪女儿的耳垂是因为爱她太深。

母亲不像别人会故意留长发遮住自己的耳垂,她喜欢扎马尾,把她有残缺的耳垂露出来,肯定有很多人问过,但既然露出来了,也不怕别人问,或许那根本不是母亲的伤疤,而是母亲的骄傲。

那场彻底改变他们家的变故,坦白说,他好像冥冥中早有预感。

每次爸爸和妈妈说好一起去曹安市场买菜，或是那时候刚开张的真北路麦德龙大卖场，有说有笑地出门去，到头来总是爸爸先回来，他能从声音里分辨出来，爸爸的脚步重，走到门口还会装模作样地咳两下，抖钥匙的声音也更喧哗，像憋尿许久的男人，打开门，做贼似的伸头进房间探头探脑："你妈妈呢？"

霍嘉衣生起闷气，不睬他，爸爸还会啰唆地把话翻来覆去说："奇怪了！一转眼就看不见人！你妈没回来啊？"霍嘉衣别过脑袋，扎进他的数学书里。

爸爸也不找，就在家里笃定地坐下来，沙发上也好，灶头间的椅子上也好，不多时候，便响起了一连串高低起伏的呼噜声。

妈妈回来的声音要清脆一些，她的低跟鞋踩出咔嗒咔嗒的喧响，动作没有丝毫的卡壳或延迟，钥匙插进去，开门，推门，不用妈妈喊，霍嘉衣早就冲到门口："妈妈，你回来啦！"说着，愤懑地指指困势懵懂的父亲。

妈妈的身上很香，香味永远留在了记忆里，阳光、花露水、某种不知名的香水或许还混合着汗香共同构成了母亲的底味，妈妈搂一搂年幼的霍嘉衣，立马就叫他先去做功课，顺带关上房门，嗓门高起来：

"让你在门口等，你又到哪里去了？"

"我就在门口呀，你还说呢，你自己不出来？"

"我不出来，我手里提着大包小包的，手都酸死了，到门口找不到你，再回里面找，你知道我多累吗？"

"反正我一直在门口等着你的！"

"你在门口？我回门口怎么会看不见你？"

"我怎么知道你怎么会找不到我？"

……

争执永远没个底儿，但霍嘉衣心里早已和母亲串成一气，他记得，小学一年级的时候发高烧，母亲正好是厂里早班，没法带他去，就让父亲带他去普陀医院。医生穿着白大褂，好可怕，像动画片里的幽灵，面无表情地问霍嘉衣喉咙痛吗？拿块冰棍的棒子往霍嘉衣喉咙里伸。黑色的钢笔在霍嘉衣的病历卡上鬼画符，要他去打退烧针，先要去付钱——咦，你爸爸呢？

霍嘉衣回头找，只有淡绿色的隔离帘幕和后面的白色病床和白色的墙壁，没有爸爸。你爸爸哪里去了？医生问得他只想哭鼻子。后面还有病人，医生把病历卡塞到霍嘉衣的小手上，让他去外面的板凳上坐着，别乱走，等爸爸。

也不知道等了多久，来来往往的护士、病人，病人、护士，突然来了个爸爸，霍嘉衣不睬他，把病历卡往他手里一塞。

"医生怎么说？"

霍嘉衣低下头不睬他。

之后，妈妈再也不让爸爸带他去看病了，请假也要自己带他去。不过，霍嘉衣很乖，后来只有每年的除夕前会发一次烧，平时不病。

他想不通，这么疼他的妈妈怎么会在那个春天的早晨一走了之？礼拜六，爸爸和妈妈照例去曹安市场买菜，骑自行车出去的，多次发生的那一幕再次重现，两声咳嗽，一串钥匙的哗然，"你妈妈呢？"

不着急，爸爸就坐在家里等，他从爷爷家附近捡来个没人要的躺椅，摊开来，横跨厕所间和灶头间，一张报纸，百叶窗缝隙里透进的阳光，呼噜噜。

中午，霍嘉衣饿得肚子咕咕叫，生气了，不喊父亲，小脑袋探出窗口张望着。

"你妈真是的，跑到哪里去了？到现在也不回来！"十二点半左右,爸爸约略也饿了,进来问霍嘉衣吃什么,霍嘉衣别转脑袋不理他。

"不吃就不吃!"爸爸别转屁股,回到灶头间,开始烧饭,炒两个鸡蛋,半个小时光景,盛进来放在小台子上,霍嘉衣依旧不睬他,等他出去,霍嘉衣才往嘴里胡乱塞了几口,觉得自己像个背叛母亲的变节者(不是应该"义不食周粟"吗?)。一直到那天傍晚时分母亲也没回来,父亲才有些急,骑着自行车出门找,曹安市场、麦德龙、西站爷爷的家、北新泾外公外婆家,一路找过来,中间回了趟家,给霍嘉衣热了热中午剩下的饭,打开腐乳的罐头,叫他先吃饭,自己又夺门而出,好像要去普陀医院看看有没有因为交通事故紧急送进去的伤患……

霍嘉衣这次怎么吃得下,他的眼泪早就掉出来了,愣愣地站在窗边,盯着这条回家的必经之路,那时候工人新村里的路灯没现在这么多,黑黢黢的,几乎看不清,只要是自行车骑过来,叮铃铃,骑车的人貌似梳着马尾,他的心就跳得特别快,趿着海绵拖鞋跑到门口,等开门的钥匙声,没有,再跑回到窗口……

回来的还是爸爸,他有些失望,爸爸开始打电话,翻出妈妈夜壶箱第二个抽屉里的通讯录，她的同事，一个一个打，最后是110，社区民警"咚咚咚"来敲门，谁报的警？他别着大哥大般的砖头对讲机，和爸爸随便聊了聊，小本子上潦草地记上几笔，现在只能定性为离家出走，你再给她的朋友、娘家打电话问问，说不定她让哪个朋友不要说，你们最近吵过架吗？

爸爸摇摇头，说他们从来不吵架。霍嘉衣忽然来了勇气，插嘴说父母亲几乎天天吵架。社区民警逮住机会，开解爸爸说："看来你们夫妻关系不好啊，我猜你老婆是憋气了，出去清净几天就会回来的！"

那是2000年母亲节的前一天，五月十三日，1999年的时候都说千禧年是世界末日，末日未至，母亲失踪。

外公外婆和舅舅一家淡漠的表情出卖了他们，霍嘉衣的父亲与霍嘉衣吃饭时安慰他说不必担心，"我心里清楚，肯定是回娘家躲起来了，你看你外公外婆和你小舅舅一点儿也不紧张的样子，哪有女儿姐姐走失会不急的？一定就是他们把你妈藏起来了。"父亲挥舞着筷子自言自语，末了问霍嘉衣，"你要你妈妈回来吗？"

那还用说，霍嘉衣死命地点头。

"那就对了，嘉衣乖，你要帮爸爸才行，我们父子同心，才能让妈妈回来，知道吗？"

"知道！"霍嘉衣喊得很响，他和爸爸还没这么默契过，拉勾上吊一百年不反悔，还用大拇指盖了章。

周五早放学，爸爸准时来学校接走了霍嘉衣，骑着他那辆浑身吱呀作响的"老坦克"，往北新泾的外婆家进发。

自从上学以后，霍嘉衣就很少去外婆家了，他说不清，他不喜欢那一家子。外公外婆表面上对他彬彬有礼，为他夹这个菜那个菜的，但总不是滋味，霍嘉衣不敢多动，好像坐在餐桌旁的那一家子都是石头做的怪兽，逮着什么机会就要一口吞了他，他一回家，就捧着肚子喊饿，妈妈为他开煤气煮一包营多方便面，海鲜味，是他最喜欢的。他把面条捞得一根不剩，妈妈会问："哎哟，全吃光啦？一口也不留给妈妈呀？"

他内疚起来，插着筷子再捞，全是碎屑。

"妈妈，对不起，下次我一定会留给你！"

妈妈没怪他，抱他的刺猬头往自己的肚子上钻，"小傻瓜。"

为什么他是小傻瓜？他不明白。

舅舅家的表弟，是他唯一喜欢的那家子里的人，表弟只小他一岁，但像个热情的小主人似的，霍嘉衣一来，表弟就搬凳子拿大橱上的饼干罐头下来，打开边缘锈损的铁盖子，随便霍嘉衣挑。见小哥哥迟疑，表弟爽快地找出独立包装的威化饼干、夹心奶油曲奇，或者整包麦丽素，要他放进嘴里去。他不是不喜欢吃，这些东西很贵，母亲也很少买，他是担心一副尖酸的嗓子要来撩拨：

"哎哟，自己家里不吃呀，跑到我们家来穷吃！"

"看上去瘦巴巴，胃口倒不小呀！"

"面无三两肉，相交不到头！"

……

那是他的舅妈，常常冷不丁地义着腰冒出来，霍嘉衣刚塞了块奶油曲奇进嘴里，嚼，干得像久旱不雨的土地，一小包里还有一块饼干捏在手里，吃也不是，不吃也不是，弟弟使了个眼色示意不用管她，但他放不进去，手像卡壳的机器，不得动弹。

读小学后偶尔周末还会去一次，表弟和他在三层楼的砖瓦房里捉迷藏，捉迷藏到头来会演变为楼梯上的追逐战，他们的鞋子蹬得楼梯踢踢踏踏地响，酣畅淋漓地追到底楼，门口的光被一个矮胖的身影挡去一半,也不作声,脸是黑的,双眼像死不瞑目的冤魂一般瞪着他,也不骂,也不打,就是瞪着,吓得霍嘉衣不敢再跑了。

"你舅舅现在开出租车了,晚上要上班,白天得睡觉。"妈妈牵着霍嘉衣的手解释说,"外婆是怕你们吵到他。以后不要跟弟弟这么闹了,好不好?"

我又没闹,霍嘉衣想说,可是没说出口。妈妈送来一碗煮好的海鲜味营多方便面,霍嘉衣一口气吞到肚子里,喝掉大半碗汤。筷子放下,该死,又忘了要留一口给妈妈。

爸爸的计划就是和霍嘉衣一起跪在外婆家门口,外婆家是本地人房子,门口一块水门汀铺的路,霍嘉衣和爸爸腿一弯,跪下来,爸爸就开始喊:"阿娟,快出来吧,家里没有你不行!"

霍嘉衣也跟着喊:"妈妈,快回来吧,我不能没有你!"

喊了几下,外婆出来赶,"阿娟又没来过,待在这里喊什么喊?"

"妈,求求你了,不要藏阿娟了,劝劝她回来吧!"爸爸跪着拉扯住外婆的袖子,掉下泪来。

"不要瞎讲,我根本没看到过她,哪里藏了她呢?"外婆努力挣脱，却挣不开，周围邻居探头张望，外婆局促地到处看，乱了方寸，末了说一句，"你要跪就跪吧，还好今天阿良开白班车。反正阿娟没来过！"

外婆好狠心，<u>重重地合上门，还关上楼上的窗户</u>。

霍嘉衣和爸爸就继续喊："阿娟（妈妈），回来呀，家里没你不行！"

夜色渐晚，天空像云片糕一样垒起，一层黑一层灰，那时候的北新泾荒凉得一如乡村，远处的狗领头孤嚎，引起了一片此起彼伏的犬吠。

他们还在哭喊，可声音已断断续续，霍嘉衣觉得自己真没有用，喉咙这么快就哑了，发不出声音，爸爸让他休息一下，他只能无言地落泪，抽泣着，肩膀一抽一抽的。

"你们不用喊了，阿娟应该没回来过。"隔壁一幢楼的阿三婆婆悄声嘀咕，拉霍嘉衣和爸爸到自家吃晚饭，走进阿三婆婆家，门口的小黑狗狂躁地叫起来，阿三婆婆凶了它一句："叫叫叫，乱叫啥？"小黑狗似懂非懂地耷拉下脑袋。

"阿娟大概没跟你讲过，她父母亲其实对她不好的。"阿三婆婆坐下便和霍嘉衣的父亲唠起嗑来，"那时候他们结婚长久没有小孩，人家就出主意说先抱个回来，慢慢自己也会有的。正好有个浙江一带过来的乡下人说他们村小孩很多，家里养不活，要送人，他们就付了点钱，让他抱一个来，就是阿娟。本来没啥，两年后他们自己生了个儿子，阿娟就苦了。

"三伏天也非得要她抱着弟弟，出了一身痱子，退也退不掉。似乎全家人的衣服都要她一个人洗，她人小，洗也洗不动，绞也绞不干，患了夜盲症，每天半夜起来洗衣服……我们这里都知道，都劝过，没有用，他们特别不喜欢人家提阿娟是抱养来的，阿娟耳垂上不是有条疤吗？小时候她一露出来就打，一定要她留头发遮住……"

饭吃了几口，霍嘉衣的爸爸便带他告别阿三婆婆，出来时门口的小黑犬没有再叫。霍嘉衣坐上爸爸的自行车，入夜有点凉，路变得和来时完全不一样，半明半昧，公路旁好像潜伏着随时要吃人的野兽，霍嘉衣的手隔着尼龙外套，紧紧搂住爸爸的腰。

等长大一些后回望那个场面，霍嘉衣才能懂得父亲的惆怅，结婚这么多年，儿子长到十四岁，竟然连岳父岳母对自己老婆好不好都不晓得。活该自己的老婆离开自己，问题全出在自己身上。

接下来的日子霍嘉衣和父亲的神经就好比绷紧的钢丝，

听不得新闻里报道哪里发生交通事故或者杀人事件，起初的三年父亲带霍嘉衣去殓房认过两次尸。第一个是溺死的，浑身像紫菜皮一样，面孔模糊不清，她的右边耳垂后面有条疤；父亲显然跟公安解释过了，不是耳垂后面，而是右耳垂，所以第二次看到的是右耳垂缺掉一块的女人，脖颈有一圈紫红色的勒痕，让霍嘉衣想到了狗圈，她的嘴巴垂死挣扎的那一刻大概张得跟马桶一样大，合不太拢。认尸的场面想来有些讽刺，霍嘉衣和爸爸一起骑着自行车，一路上除了说向左转、向右转、直走、等这个红绿灯过掉再走之外，什么也没说，心里装着一只闷鼓。到了殓房已经憋不住淌下泪来，一看不是，竟然有点破涕为笑的意思，可是自己高兴了，就会轮到别的家庭悲泣。

爷爷指责过父亲不应该带年幼的霍嘉衣去认尸，说会影响孩子的心智发育。霍嘉衣不经意听到父亲的回答："我怕我不能完全认出来。"

第二次认完就没了下文，父亲还经常去公安局打探消息，生怕公安一忙，就把他的案子给忘了。有个看上去阅历丰富的老公安说："应该不会是拐卖，拐卖妇女的人不会找有这么明显标记的人为目标下手。我们已经发通知给全国公安了，你老婆有这么明显的标记，一定能找到。"

霍嘉衣觉得：当年妈妈的爸爸剪下这一刀的时候心里肯定也这么想。

母亲失踪的两个星期后，霍嘉衣曾经离家出走，是过去的同学兼死党包子出的主意。"如果你妈妈像警察说的是自己走的，那你一定要出事情你妈妈才会急，一急就会回来。"包子郑重地向霍嘉衣宣布，"你现在只有两个选择，要么自杀，要么离家出走！"

霍嘉衣想想有道理，可自杀太危险，他经过再三斟酌，慎重地选择了后者。

礼拜四放学后，他没有直接回家，而是背着书包拐到兰溪路，荡过闹猛的曹杨商场，走到兰溪公园门口的石板凳上坐下来，卸下书包，看着来来往往的行人。十年前曹杨商场附近的这块区域是整个普陀区数一数二的繁华地带，他看着蓝色的天空边缘像火烧一般泛起殷红，再从殷红变作深紫，最终被黑色悄无声息地吞噬，远远近近的路灯亮起来，有父母牵着小孩的手到对面的振鼎鸡吃晚饭，他的肚子不争气地叫唤起来。霍嘉衣从书包里拿出一包苏打饼干，自从妈妈失踪之后，爸爸买了几大包苏打饼干放在家里，如果自己下班回来晚，就让霍嘉衣先填肚子。苏打饼干很难吃，咬得牙齿咔嚓咔嚓响，不过在肚子饿的时候总能派上用处。吃完饼干，霍嘉衣把塑料包装揉成团，提着书包走两步，扔进深绿色的垃圾桶。再坐回来的时候，旁边竟坐了个脑瘫的乞丐，不晓得什么时候被人推来的。

这个乞丐前几年就出现在曹杨地区，有时候是在普陀医院旁边，有时候是在曹杨商场门口，有时候是在对面的振鼎鸡附近，这天是在兰溪公园的石凳旁。以前妈妈带霍嘉衣去伊登或曹杨商场买衣服的时候遇见这个乞丐就绕路走，霍嘉衣不敢看他，可现在他就在旁边，整个身体瘫在轮椅上，脑袋好像有半个身体这么大，垂到一边，他的五官也比常人大，大面积的眼白好像蛋清一样倾倒出来，就要流淌到霍嘉衣的脚边，霍嘉衣赶紧向没有人的一侧挪了挪屁股——那里有个垃圾桶，就是他刚才扔饼干包装袋的那个。

他明明可以走，但偏偏在准备逃离的时分和自己打起赌来，不行，如果妈妈看到这么胆小懦弱的自己一定不会回来，为了让妈妈回来，一定得证明自己是勇敢的男子汉才行。

于是他刚刚想要发力的双脚又松弛了，他的重心仍然稳稳地落在屁股上,就是不敢看那个脑瘫儿,他的眼白似乎越涌越近,如涨潮的水一般似乎分秒间就要沾染到他的安踏运动鞋。

霍嘉衣的两只手紧紧抓住书包带,宛如暴风雨中紧抓住帆船的桅杆,他试着想些别的事情,安踏鞋是妈妈带自己去曹杨商场三楼买的,霍嘉衣前一双帆布鞋穿破了,大概是回家的时候喜欢踢路边的易拉罐,平时他只穿学校统一购买的十块钱出头的胶底鞋,重而且硬,最要命的是回家一换上拖鞋,整个房间里弥漫着难闻的气味。

"谁的脚丫子这么臭呀?"妈妈会这么问,霍嘉衣笑着举手投降,妈妈便放水让他先洗脚。

天天穿,日日穿,上学这双鞋,周末也是这双鞋,妈妈心疼,"宝宝,帮你买一双新鞋子好吗?"

那敢情好,霍嘉衣在曹杨商场里挑来挑去,耐克和阿迪达斯他看都不看一眼,太贵,妈妈抱怨不再翻三班了,收入少了好多,爸爸原先分配的房地局三产解散,换到另一家造喇叭的电声厂,不想两年后又倒闭,接着调到西部商场做电工,钱也不见多。这双好,红色的,鞋头翘起来像耐克,厚厚的气垫体育课跑起步来一定舒服,鞋面还绣着大大的字母

A，同学看到了就知道不是杂牌货，而且他喜欢这个字母，优秀的同义词。

商场的阿姨特别和善，帮他系鞋带，夸他长得俊俏，像妈妈，那时他不知道，阿姨伶俐可人的嘴或许只是为了说服他母亲买东西，妈妈问他好不好，他说好，阿姨飞快地开了单据，指指商场中央的收银台，五十九元，母亲的低跟鞋咔嗒咔嗒。

母亲哟，你不在，谁会给嘉衣买鞋子哟？

想着想着他就一阵鼻酸，掉了两滴眼泪，不能哭，男儿有泪不轻弹，哭了妈妈就不会回来，霍嘉衣强忍住，逼自己的嘴角弯出一个弧度。

夜深了，十四岁的霍嘉衣还没有自己的手表，他不知道几点，大概七八点了吧，振鼎鸡里人已稀少，应该是大家都吃完晚饭的时候了。2000年，晚上出来逛街的人不多，也还没有成群结队开着大喇叭跟随着《最炫民族风》跳广场舞的阿姨妈妈，街道是凄清的，只有霓虹灯在闪：傣妹火锅、伊登广场、曹杨商场、曹杨电影院……广告牌的外延是几条时断时续的彩条，蛇样地舞动，看了两遍就能摸出规律来，霍嘉衣读出了惆怅。

身后的花丛抖了几抖，竟然钻出两个人来，一男一女，女人化了唱京戏一般的妆容，眼角带红，嘴唇更是血红，霍嘉衣被吓到了，坐了这么久，他不知道那里藏掖着人，女人的脸好像霍嘉衣饿极时饕餮过后的嘴角，妈妈常常取笑他吃相太难看。男人的脸上也有红印子，好奇怪，霍嘉衣禁不住朝着他们多看两眼，被男人狠狠地一瞪。晚来风急，霍嘉衣开始疑心身后的花丛里还有别的活物，总是不安静，好像有东西在那里搅动，会不会还有人？等等，会不会不是人？他哪里也不敢看，回头是深不可测的花丛，左边是面目可憎的乞丐，右边是垃圾桶，就连垃圾桶里都在发出哗哗声，莫非是……霍嘉衣的指甲抠着书包带，脚趾勾起来，以防万一。

　　突然，有人拍了拍霍嘉衣的肩，他刚想回头，立即警惕起来，"如果在深山老林里，有人拍你的肩膀，千万别回头，狗头熊会一口咬断你的脖颈，吸吮你的鲜血"。

　　霍嘉衣"啊"地叫起来，背上着了火似的逃窜起来，沿着兰溪路一路狂奔，安踏的鞋，飞转的两抹红，书包一下一下地打在他的背上，包里的铅笔盒哐当哐当，跑过普陀医院，跑过四季晴菜市场，跑过消防局，直到四岔路口才停下来，大口大口地喘气，身上湿了一摊，红灯，他的心扑通扑通乱跳，不要回头，他说服自己，旁边有等待过马路的叔叔阿姨，斜停着的自行车，有人在，不用怕，黄灯变绿灯，他又拔腿狂奔……

"霍嘉衣！"

霍嘉衣抬起头，竟然是爸爸，爸爸把自行车刹在路边，爸爸爸爸，霍嘉衣凭着最后的气力跑过去，爸爸跨下车，往他屁股上就是五个手掌印，痛得他"哇"地叫起来。

"死到哪里去了，不知道我会担心啊？"

霍嘉衣跳上爸爸的自行车后座，牢牢地抱住爸爸的腰。

霍嘉衣一直想不通那个拍他肩膀的人会是谁，不管是谁，总之他最终向母亲证明了他的胆怯和没用——母亲果然没有回来。

"你听说过狗头熊吗？"他低下头，不晓得这位新来的英语老师会做何回答。

"狗头熊？你怎么会知道狗头熊？据我所知，好像只有我们金华人才叫它'狗头熊'！绍兴那一带就叫它'马头熊'。"女老师说，眼眸子闪出光亮。

霍嘉衣大喜过望，竟然支吾起来："我……我是……我妈妈……告诉我的，其实我……我并不晓得它是什么。"

她一定失望了，原来是个无知者无畏的人，她很久都没有说话，霍嘉衣想装出个微笑来调节气氛。

"说实话，我也不晓得，我也是我的爷爷告诉我的。我们那儿说狗头熊是日本鬼子投降的时候放在山里的军犬，一直吃人肉，这些军犬和山里的狼杂交就成了狗头熊。

"爷爷说狗头熊会悄悄地跟在人后头，趁人不备伸出前爪拍人的肩膀，人以为拍他的也是人，就回头看，一旦回头，狗头熊一口咬断人的颈部大动脉，啃掉人的肉，吸掉人的血。

"爷爷还说1950年代我们那儿的山里有很多，村里邻居家还有孩子晚上被狗头熊叼走，爸爸小时候好像还听到过狗头熊的嚎叫，他说有点儿像狼，也可能就是狼，他分不清……"

霍嘉衣听着她滔滔不绝，原来他不知道的竟有这么多。

何田田是这位老师的名字，金华人，在自视甚高但实际上知之甚少的上海人眼中，周边的城市只不过是不同地方美食的来源地，两者之间完全可以画上等号：高邮咸鸭蛋、扬州狮子头、无锡肉骨头、苏州汤包、宁波黄泥螺、金华火腿……很容易忽略金华除了火腿之外还有其他远为重要的出产，比如人。

很平常的一天，霍嘉衣走进高一年级一班上数学课，小何忽然走过来拍了一下他的肩，事出突然，他不免一惊。"霍老师，我能不能来听你的数学课？"

"啊？"

"我昨天就想来打招呼了，可昨天下午都没找到你。如果不方便就算了。"小何笑着为自己解围，她笑起来就很自然，双颊的白皙的肉推到颧骨周围，不像霍嘉衣那样会不必要地露出番茄色的牙肉。

"不，方便方便！就是怕你闷，数学课很无聊的，你又不是理科老师，其实听了也没什么用。"

说完话，霍嘉衣又开始后悔，什么叫"听了也没什么用"，小何会不会以为自己看不起文科老师？

"你不要小看我哦，虽然我大学读的是英语系，可我是地地道道的理科牛哦！还有，我听说你要教学生识地图，我感兴趣，特地来旁听，可以吗？"

竟然是因为地图，霍嘉衣心头暖暖的，连忙让一班的男生到隔壁教室搬个凳子来。

　　学校的工作四平八稳，说起来也挺无聊，无非是把小事情搞搞大，譬如上学迟到、没穿校服、忘带作业等，一定要往死里扣，严里抓，做好学生的规矩，让他们学会敬畏，久而久之，养成职业习惯了，芝麻绿豆大的事情都会炸开一锅，比如霍嘉衣教学生识地图。

　　高一下半学期照例会教到平面向量，他就逮着机会打起了擦边球，幻灯片上投影出地图，要求学生识看。

　　这在霍嘉衣供职的高中可谓是开天辟地，霍嘉衣的师傅没少数落他，这个逼近更年期年龄的女老师挑起眉毛，跟霍嘉衣扯起了大道理："不要忘记我们的本职工作，我们可不是副科老师，要完成教学进度！"

　　霍嘉衣向来不会说话，脱口而出："我们抢了那么多地理课，总要帮地理老师尽点责。"

　　"你翅膀硬了我不管你，也管不了，如果你耽误了教学进度别怪学校领导不客气！"

　　学校工作的一点好就是如果你是学生眼中的好老师，如果你教出来的学生考试成绩不俗，如果你不想学那些严肃的老师一心只想往上爬，那么你还是相对自由的，学校一般不会赶你走。霍嘉衣看透了这一点，继续上他的地理课，其实每一届高一就一节课的时间，他介绍地图上的标识，传授生活中如何分辨东南西北，解释如何将现实生活中的道路和地图对应起来，不善开玩笑的他只有在这节课里会玩一把幽默，他高扬嗓门，点着班里昏昏欲睡的女生："特别是女孩子，有多少女孩子一跑到外面就分不清东南西北？还好意思娇滴滴地说自己是路盲！你们看看，外面拐卖的就是妇女，你们多危险啊，不认识路怎么行？"

他说好要考试的，学科组不同意，他就自己在月考后的讲评课抽出半节课来考地图，学生私底下都骂他变态，可变态有变态的好处，学生都认真学进去，抽选出来的三个学生全通过了地图考试，他准备了一大盒德芙巧克力，人人有份。班级一下子沸腾了，他的师傅正由教室外的走道去厕所，听见闹哄立即警惕起来，油光光的大饼脸往教室前门的玻璃上一贴，还真有效，教室刹那间安静下来，简直像施了魔法。

他是连续第三年教高一了，同样的玩笑用了三年，好在小何是头一次听到，"尤其是你们这些女孩子，举举手看，有多少是不分东南西北的路盲？"

女生们在讲台下偷笑，他看见了，小何也笑了。

"你们大概都听闻了我的大名，你们前两届的学长学姐都叫我变态。我变态是为了什么？还不是担心你们有被拐卖的危险？"

教室里窸窸窣窣的笑声四起，这是他三年里表现得最好的一次。

"霍老师，你的课太精彩了，如果我当年的数学老师像你这样，我大概会考数学系！"下课铃响后小何走上前来与霍嘉衣交流。

"那幸好你当年的数学老师不是我，这么一位美女去读数学系岂不是太可惜了？"霍嘉衣也吃惊了，他竟然学会了不动声色的恭维，看小何的脸，隐隐地绽开了心花。

"我听说你受到很多压力，不管怎么样，霍老师，我支持你，代表女同胞！"小何像日本动漫里的美少女似的夸张地握紧拳头摆出加油的姿势，霍嘉衣心里暖烘烘的。

用数学课教地理常识，竟然是这么多年来霍嘉衣最为坚持的事情，如果是以前的他，碰到师傅说不行，碰到学生骂变态，他可能早就偃旗息鼓了。十多年间，他不断地和妈妈暗暗许下约定，如果他不再懦弱，如果他学习进步，妈妈就要回来，好不好？

他替妈妈回答说好，于是下一次遇见回家的路上有人卖蛇，不许绕路走，如果完成，妈妈就会回来。

他读初中的那会儿，一到春夏交接，新村里一委和二委之间的大路两边被卖蛇的人挤得水泄不通，他们脚边放了一只深绿色的网袋，粗壮的蛇就在袋子里逶迤滑扭，吐着长信子。霍嘉衣常常绕路走，从永昌超市的后门，往小区里七转八转，绕一个大圈才到家门口，想到不用看见蛇，即使多走点路，还是合算的。现在不行，他得穿过卖蛇的人群，有的蛇被卖蛇人绕在脖子上，像条长围巾，可蛇不安分，它会伸长身子，从空中直钻过来，吐出火焰般的长信子。不要怕，不要看，往前走，霍嘉衣崩紧面孔，呆板地踏着步子，念叨着妈妈回来，终于穿过了这条勇敢者道路。可是，连着走了一个星期，妈妈还是没有回来。

可能还不够，霍嘉衣又和母亲约定，只要自己下次考试数学得一百分母亲就回来，好不好？

好！他依然替母亲抢着回答，于是他开始没日没夜地温书，晚上爸爸给他削了生梨。公布了，单元测试，他考了九十八，差两分，一个答案的单位没有标，另一道题的步骤跳了一下。老师表扬他是全班第一,进步最大,可他凝视着考卷上的九十八,就是高兴不起来。同学讨厌他这个样子,觉得他得了便宜还卖乖,他只能苦笑,是啊,大概就是那时候起,他再也没有贴心贴肺的好哥们了。

妈妈不会这么苛刻的,只差两分,再说还是第一名,妈妈应该高兴的,妈妈一高兴,就会回家来!霍嘉衣回家的路上自顾自地盘算着,想想就是,妈妈已经离开快一年了,下周又是母亲节了,什么气都应该消了,是时候回来了。

掏出挂在脖子上的钥匙打开门,空房间,没有妈妈的味道,他等着,在窗口站着盼着,妈妈没有回来。

说来奇怪,母亲失踪前霍嘉衣和爸爸总是忘记母亲节,也忘记妈妈的生日。妈妈的生日不像老爸,在十月一日国庆节,举国欢庆,纵是想忘也忘不了。母亲的生日在十一月十二日,单身节之后的一天,可那个时候不时兴什么单身节,其实连母亲节也没几个人知道,所以往往是到了那一天,母亲会抱怨似的说一句:"今天是我的生日。"霍嘉衣没什么礼物送,只能用刚吃完饭的油腻腻的嘴唇,亲吻母亲两侧的脸颊,"哟,恶心死啦!"母亲叫嚷着,但不见她取毛巾擦掉吻痕。母亲走了之后,每个母亲节、每年母亲的生日霍嘉衣和爸爸都记得，爸爸会在母亲节买红宝石的奶油小方，没点蜡烛，但父子俩不忘许愿母亲早日归来，然后由霍嘉衣吃掉，霍嘉衣要留一半给爸爸，爸爸推托，说自己不喜欢吃甜的，霍嘉衣又挖去几口，还是留下一口给爸爸，尝尝味道；母亲的生日爸爸会炒面条，"妈妈，爸爸现在什么事情都会做了，不是像以前那样只会炒蛋了，他烧的红烧肉特别好吃！腌笃鲜也特别鲜！你们俩的手艺有一拼哦！快回来吧！"

妈妈仍然在外漂泊。

霍嘉衣真的拼尽了全力，后一次单元测试他检查得很认真，确保每一个单位都没有遗漏，然而试卷发下来他还是缺一分，方程式解答步骤里他漏写了一个 x……

他太老实，他不知道其他同学会和老师去发嗲，说两句哄老师开心的话，让老师高抬贵手，赏自己一次"大满贯"。他只是盯着试卷上的九十九分，脑中一片混沌——妈妈，又不会回来了！

真的，他也不晓得哪里来的力量，竟然敢让他公然违抗师傅的命令（师傅还是学校里德高望重的数学高级教师）。他大概就是别人口中的数学组的叛徒，他的骨子里或许并不相信数学真能够训练人的逻辑，锻炼人的思维，他心里的天平或许已经倾覆了，对于大多数的学生来说，高中整整三年的数学课，最有用的可能就是那一节半的地理常识课。

妈妈是个路盲，小何也是，是不是所有女人天生都有路盲症？小何约霍嘉衣周末陪她去买一款新手机，明明是顺时针方向走的，往一个柜台转了一遭，出来时逆时针往回走。霍嘉衣"哎哎"地叫起来，小何笑自己的傻。

"地图白教了！"霍嘉衣说。

"是啊，还给老师喽！"小何笑着说。

"唉，老师自觉很没用。"

"哪里的事，是学生听得不认真。"

很久没有这样的感觉了，和另一个人在一起好像就是和自己一起，不用假装，不用挖空心思迎合对方，随口说一句，对方都听得懂。霍嘉衣知道这是危险的，因为他在高中里和母亲赌气说：

"妈妈，你看着，你如果不回来，你儿子我就独身不娶！"

高中和大学他都有意这样做，当然他本来口拙，也没什么女人缘，实在孤寂他也学着别的男孩子边看黄片边手淫，手淫过后他充满了犯罪感，他躺在宿舍的床上，双眼直勾勾

地盯着天花板,心里的自己正跪向长空:

母亲哟,原谅我吧,我保证下不为例!

下一次,他还是忍不住,弄出来以后他再次满怀愧疚,母亲哟,我对不起你,我真没用,连这也忍不住!

但不管怎么样,他决定独身!独身是对母亲的惩罚,母亲的生命到他这里为止,传递不下去,母亲连同母亲的父母、母亲父母的父母,活到霍嘉衣这里就彻底画上了休止符。霍嘉衣仍旧觉得这是对母亲最具威胁的惩罚,母亲如此爱自己,再怎么样也不会容许儿子终身不娶,孤独终老吧?

小何的出现是一个巨大的威胁,霍嘉衣的誓言要瓦解了。不行,绝不容许这样的事件发生。两周以后,小何又邀约自己,《失恋33天》上映了,学校旁边的电影院有教师优惠票,一起去看?

我周末有事情。霍嘉衣回复道。

不用周末,平时晚上也可以。小何退一步说。

这段时间我很忙,不好意思。霍嘉衣回复说。

……

同在一个学校,低头不见抬头见,食堂用餐高峰,霍嘉衣找不到位子,假装没看见小何身旁的空座;走道里遇见,小何微笑打招呼,霍嘉衣垂下头去。

母亲哟,你看见我的痛苦了吗?我终于遇见我喜欢的人,可是为了你,我将要失去她!

母亲哟,如果你还记挂你的儿子,回来吧,你可以阻止这一切!

母亲哟,请你了结我的痛苦吧!

霍嘉衣的爸爸已经长成心思细腻的"中性人",虽然两个男人一同生活就好比两条常年不上机油的自行车链条,凝滞枯燥而抵牾,可父亲也察觉出了蛛丝马迹:

"儿子,如果有什么不开心的可以跟爸爸说。"

霍嘉衣皮笑肉不笑地说:"没什么,爸,不用担心!"

"儿子,我们就父子俩相依为命了,你有什么一定要跟爸爸说,工作不顺?"

霍嘉衣还是摆摆手说没事,说他瞎紧张,有点更年期综合征的苗头哦,要不要儿子送他一盒静心口服液?

爸爸嘴上被他挡回来,眉头还是皱着。

"儿子,我们去办你妈妈的死亡证好吗?"几天后父亲下班回来突如其来地提议说。

"为什么?妈妈又没死,办什么死亡证啊?"霍嘉衣本能地抵触道。

父亲像个聋哑人一般打着手势，示意霍嘉衣冷静下来。

"都这么多年了，嘉衣，我们心里都清楚，你妈回来的几率……很小了。"父亲一说，点缀着老人斑和皱纹的脸部就激烈地颤动起来，鼻头泛红。

"反正不办死亡证，我不同意！我妈没有死！"霍嘉衣也不禁落泪，多少年的压抑决堤而出，他已无力阻拦。

父亲拍抚着霍嘉衣的肩膀，两人久久地不能言说。

"嘉衣，你听我说，我是为了你考虑……办了死亡证，我们这样的条件，可以申请政府的经济适用房，留给你将来做婚房用，我们到时候再看，如果首付付得起就贷款，这套小房子不行就卖掉付首付，等你结婚了，老爸可以出去借房子住……"

霍嘉衣不能再误会父亲了，父亲什么都在为他着想，没说下去，再说下去就是："放心，等爸老了，爸不会拖你后腿，爸爸会去养老院里，你有空来看我一眼就够了。"

霍嘉衣好不容易止歇的眼泪又决堤了，无法谈下去，父亲的身子还在颤抖。

"嘉衣，日子要往前过。"那天晚上睡觉前父亲这么对霍嘉衣说。

霍嘉衣执拗地认定母亲一定就在他和他爸爸的身边，从未走远。他爸爸为他出去买杂志，没料到几年没买，杂志涨了一块钱，爸爸是那种口袋里不会多放一分钱的人，正要焦头烂额地回家来取，地上竟然就有一块钱，好像是天赐的，难道不是妈妈在帮忙？

他也是，虽然只碰到过一次，公交车挤，被小偷扒掉了钱包，一个礼拜后，空钱包连着里边的身份证竟然被寄回家来，这可是在外国电影里才看到过的桥段！五百块钱虽然没有了，可小偷总算是盗亦有道，霍嘉衣说起这事旁人都称奇，说得多了，霍嘉衣甚至觉得，这五百块不是去了别处，就是去了他母亲那里！

还有一回，更加让他相信母亲就在身边。工作三年来唯一一次睡过头，不知怎么搞的，明明手机里调好了闹钟，可那天偏偏抽风不响，一醒过来，已经七点，稍微洗洗弄弄，七点一刻了，赶快扬手招一辆出租车，快，去单位。回来看新闻才知道，自己每天必经的地铁口早晨六点半发生了一起意外杀人事件，一个疑似精神病患者手持水果刀连捅三人，其中两人死亡，一人重伤，而六点半，正是霍嘉衣平时进入地铁站的时间。

如果不是母亲，又会是谁在暗中庇佑着他和父亲？可如果真是母亲，她也未免太狠心了吧？

母亲走后的第三年，父亲接到电话，急匆匆地赶到学校带走正在初三冲刺阶段的霍嘉衣，二话不说，上了辆大众出租车，开往北新泾。一天之内，外公、外婆、舅舅、舅妈和那个比自己小一岁的表弟统统撒手人寰，他们赶到的时候一切已经结束。阿三婆婆谈虎色变，多吓人啊，他们胡言乱语，手舞足蹈，有的在地上打滚，有的四肢匍匐，有的痴呆地坐着，痛苦地呻吟，怕光、怕风、怕水的声音，怕死，从没见过这么惨的。

外公贪小，把公路上被车撞死的狗捡回家，让外婆烧一顿红烧狗肉给他解解馋。那么多狗肉，烧了满满一桌子。

"本来还要送给我们的，我自己养狗的，怎么舍得吃狗肉？就没要，还好没要。"阿三婆婆惊魂未定。

接受恩惠的同在一区的李四叔叔一家也死了，只剩一个正巧在外地出差的李四叔叔本人。

过去的事情终归是过去了，霍嘉衣披麻戴孝，也为他的外公外婆舅舅舅妈哭，他长时间地注视着棺材里他亲爱的小表弟，那个把所有好吃的都往他手里塞的表弟，他死前一定痛苦极了，他看上去一点都不像他，瘦掉好多，两颊深深陷进去，手脚好像故意被摆正似的，表弟不喜欢一本正经的，他那么贪玩，这么规规矩矩地躺着一定难受死了。

如果，只是如果，妈妈真的如霍嘉衣所想的那样就在他们的身边，目睹着一切，暗中操控着这一切，外公一家的死，还有年幼的小表弟，再搭上无辜的李四叔叔一家，不是太残忍了吗？

父亲操办了所有后事，包括把外公留下的那栋祖屋卖掉还清舅舅出租车交接班后每天和别人"博眼子"（一种赌博游戏）欠下的债，父亲自己拿出一部分积蓄慰问李四叔叔，李四叔叔把红包退了回来，人都死了，钱有什么用？

北新泾前年拆迁，按外公以前的地、房子和户口，大概可以得到六套房子，爸爸那边的亲戚这两年还会拿出这件事情数落父亲的憨傻，父亲只是说："我从来就没有想过那套房子！"

霍嘉衣陷入深深的矛盾中，一方面相信母亲的庇佑，相信母亲未走远，另一方面又无法接受母亲的残酷，而否定后者势必导致对前者的颠覆，庇佑他的根本不是母亲，到底会是什么？他无从得知。

小何计划带英语组的同事周末去金华旅游，霍嘉衣听闻，经过一番思想斗争，还是给小何的手机发了条短信，问自己能不能一起去？

短信迟迟没有回，霍嘉衣的心迟迟悬在半空。一定是之前的冷淡惹小何生气了，女孩子有女孩子的尊严，哪里容许他呼之则来，挥之则去，他当自己是什么？

十点，短信姗姗来迟：当然可以。

小何容许一个不相干的数学老师和她一道去，意思应该是很明确的了。霍嘉衣心里明白，他觉得必须要和小何说清楚，约了小何第二天晚上一起吃饭。

这还是初中毕业以后的头一回，霍嘉衣主动向人提起自己母亲的事，他习惯了躲起来自怜自惭，也习惯了假装坚强故作轻松。

"……我觉得我母亲可能是金华人，所以想跟随你们一同回去！"

小何的筷子在她那碗牛肉面里捣腾，她一定被霍嘉衣家的复杂情况惊到了。早点告诉她也好，他怎么没想到，告诉她他成长于单亲家庭,长年缺失母爱,或许她会判断出这不是自己理想的另一半,大家不都说单亲家庭的孩子心理扭曲吗?她就可以早做了断。

"原来是这样,那你更要来金华了,我给你介绍我爷爷,他对以前的事情比较熟悉,说不定你可以打听到一些关于你亲外公亲外婆的消息!哇,那太好啦!我觉得我在做一件超伟大的事情!"小何像个孩子一般笑起来,察觉自己笑得似乎不合时宜时,她立即收拢起来,说道,"对不起,单纯往好的一面想了,其实不应该这么开心的,你母亲的事我感到很难过。"

霍嘉衣竟没有因为小何的笑而感到任何受冒犯的意思,那个瞬间他突然有种想要破除他和母亲约定的冲动——娶她回家,后半辈子用她的眼睛来看世界。

"反正,我们往好的看,你还可以跟我爸爸聊聊,可能有些事情他也知道。我爷爷老了,有时候脑子不太清楚。"

可能是被她的笑吸引了,霍嘉衣忽略了小何轻声说出的最后那句话。

说好是英语组的短途游,可去的人实在不多,如果不算霍嘉衣,就三个刚进学校不久的女老师,其他老师不是说忙就是说要陪孩子，霍嘉衣的同行反而让几个女老师感到安全，他帮大家在虹桥火车站领凭票供应的矿泉水，上了火车也把大家的行李袋逐一放到座位上方的行李架上。

"有个男人真好！"

小陈老师说，旁边的小周老师也附和道。

霍嘉衣和小何坐在一起，小何靠窗，霍嘉衣的目光掠过小何胖嘟嘟的脸庞凝望着车外的风景：水稻田、河塘、农房、阡陌……从上海到金华，动车行驶得飞快，窗外的景致就好像小孩子刚刚画好的山水画，画得不满意，孩子生起气来，毛笔蘸了蘸水涂抹掉未干的水彩，糊作一团。

三个小时，大家各自小睡一番，小陈带了本小说书，小周在打游戏，小何包里装了零食，拆开，一包薯片在四个人的头上传来传去，霍嘉衣睡睡醒醒，醒着的时候，就看着窗外的景致，也看着小何的侧脸，光洁如玉，下巴很厚实，鼻头翘起，嘴角有颗颜色很淡的痣，他母亲的脸上也有点肉，是不是金华人都长这样？

嘴里嘎吱嘎吱嚼薯片的时候还会顺便聊聊天，霍嘉衣说说家里的事情，说母亲蝴蝶般的耳垂，说父亲以前什么事情也不会做，现在简直堪比一级厨师，还说他得狂犬病早逝的小表弟以前多么喜欢跟在他屁股后头跑，喊他哥哥哥哥，小何安静地听着，侧过脸望着他。霍嘉衣笑着说出这些，说出来以后竟然也没有什么，他觉得自己笑得很自然。

出了金华西站霍嘉衣有些小小的失望，这里和上海的市郊没有太大的区别，金华西站好比上海南站，公路依旧是灰色的公路，行道树依旧是绿色的行道树，也有高楼也有饭店，那天下着蒙蒙细雨，整个金华笼罩在一片烟雨朦胧之中，只是人要少很多，空气也更清新。

出站后小何带大家去了双龙洞景区，湖光山色，亭台楼阁，小陈和小周举着两台微单相机，到处摆着"V"字，这里的人似乎比金华西站还多，导游挥舞着红色的小旗子，一群老人操着相似的乡音懒散跟随，走几步又有蓝色的小旗子和戴蓝色鸭舌帽的东南亚旅游团，霍嘉衣为大家去买饮料，排了好长的队，前面两对广东夫妻，大概是老乡见老乡，似乎在交流各自的旅游攻略，霍嘉衣只听到一连串旅馆的名字和价码。霍嘉衣隔着人群看三位姑娘，小陈和小周聊着天，小何不知在和谁通电话。

双龙洞、冰壶洞、桃源洞、卢宅建筑群，霍嘉衣有些疲惫了，这不是他期盼看到的金华，人群里也分辨不出哪些是金华人,哪些是游客。一直游览到下午三四点,出了景区,小何让大家稍等,又拨了电话,只见一个皮肤黝黑身材魁梧的二十多岁男青年隔着不远的距离向小何挥了挥手,小何挂了电话,给大家介绍:黄东山,她的高中同学,靠谱青年一枚。小陈和小周有些搞不清楚状况,看看小黄,又看看霍嘉衣。

"小黄,这就是我的两位好同事,麻烦你带她们到处转转啦,晚上的酒店我订好啦,你要负责送到酒店门口哦。明天我安排了横店游,你要尽好导游的职责哦!"

"啊?"两个姑娘和霍嘉衣同时讶异起来。

"霍嘉衣和我有特殊行程,所以我把你们托付给小黄啦,小黄办事你们放心啦!"

霍嘉衣还没完全明白过来,小何拉拉他的衣袖,暗示他离开。

"何田田,你重色轻友啊你!"小陈叫嚷道。

"你俩去干吗,见家长啊?"小周也喊道,打着哈哈。

"没没……"霍嘉衣支吾着否定道,声音被风吹散,他已被何田田拉走。

辗转了几辆公交车,好像是13路和游3路,最后到了火车西站附近上了314路,引擎的声音很响,公交车上的人不多，霍嘉衣四处张望，有胖有瘦，他对金华人长相的预感大约不对。车子屁颠屁颠地开到一片开阔的荒凉地带。"到了，下车吧。"何田田喊了一声，站起来，下车。公交车吐出他们两个，关上门，又刺啦刺啦地扬长而去。苏孟乡江家村，这里才是何田田的家。

出乎霍嘉衣的意料，和他以前去北新泾外婆家不同，并非每个迎面走来的人都会热情地跟田田打招呼，田田说很多村民都去外地打工了，外地人也来得多了，一路上，只有两个老太太问候田田："哎哟，归家喽？"

田田点点头，她们马上瞅见了身边的这位。

"哎哟，男朋友哇？"

"不是，同事，同事。"田田脸红着否认说。

"同事好哇，同事好哇。"

田田的家真有点像霍嘉衣的外婆家，应该是自家砌起的三层楼土房子，刷上白漆，门口也铺有水门汀，霍嘉衣不由想起了他和父亲跪着的那个夜晚。听见声响，田田的母亲出来，朴素的布衣妇人，胖嘟嘟的脸庞，她一定也以为这是自己的未来女婿，嘴里急促地蹦出连珠炮似的问候语，音调很怪，不全听得懂，这才是金华人的语言。

霍嘉衣坐在屋里才觉察到自己的无礼，头一回到人家家里，竟然空手来，他接过小何母亲泡来的清茶，很不是滋味儿。他恭敬地站起，请何田田的母亲别忙，道歉说自己不懂礼数，不请自来。田田的母亲完全能听懂霍嘉衣的话，呵呵笑起来，好像听闻的不是道歉而是感激，"乡下地方，乡下人，你从大城市来，不见怪才好！"这句他听懂了。

何田田的爸爸在大伯的养猪厂里工作，不知道她今天回来，不定晚上还会留在别人家打牌，何田田就拉着霍嘉衣先去找爷爷。绿油油的田头，茅屋的檐溜里坐着一位老人。很老的老人，像棺材里爬出来的老人，他见到田田，脸部的表情好像老电影的慢镜头播放，先是认不出，惊恐着，田田喊爷爷爷爷，我是田田呀，他涟漪般的褶皱才缓缓松弛，然后又靠拢起来，呈不一样的波纹，笑了，嘴里只有两颗半牙，黑黄的，田田哟，田田回来啦！

只有爷爷没有把霍嘉衣当成田田的未婚夫，他看着霍嘉衣好像看着一个镇里来的陌生的政府官员，答话也是有一搭没一搭。

"爷爷啊，他想问你哟，还记不记得狗头熊？"

"猪头肉？猪头肉好吃哇！"

"狗头熊，狗头熊，就是以前你说会拍人肩膀的！"

"猪头肉？猪头肉味道赞哇！"

"爷爷，不是猪头肉，是狗头熊，你说叨走过村里邻居的小孩的！"

……

何田田的爷爷忽然叫喊起来，双手在空中狂乱地挥动，"我说不要吃豆子，吃了豆子要撑死的……"

何田田说爷爷可能太老了，老到只能生活在自己的世界里了。

兴许是母亲撑着伞叫回的父亲，晚饭丰盛，红肉白肉，何田田的父亲还倒出自家酿的米酒。何田田的母亲喂了爷爷几口饭，爷爷就独自进屋了。

"狗头熊啊？我小时候大概还听说过，半夜里啊呜啊呜地叫，不过没亲眼见过，所以也不清楚。后头不知道什么原因，大概绝迹了。现在，连听到过的人也快没有了吧。"父亲操着金华的口音说着，听不明白的地方，田田就翻成普通话。

田田和霍嘉衣咬耳朵，问能不能透露他母亲的事情，霍嘉衣点头应允。

"哦，那个时候村里很多人养不活孩子，那时候都觉得上海一定能养活，如果有去上海的同乡，都让他往上海送。太多啰。本来我也要被送掉，后来是我爸死活不肯，说饿也要饿死在家里。"

第二天用过早饭，何田田就和霍嘉衣告别了家人。下午的动车回上海，霍嘉衣想能有点时间随便在金华市区里走走逛逛，两个人漫无目的地散着步，也不说话，小雨初霁，路面湿漉漉的，也有飞驰的汽车开过，溅起沾了泥浆的水花。

"怎么样，回到金华有什么感受？"

"不知道，很奇怪的感觉，我走在金华的街头，好像觉得迎面走来的每一个人都可能是自己的亲人。"霍嘉衣说着，苦笑了两下，"我也和父亲回过宁波的老家，爷爷奶奶是宁波人，不过没有这种感觉。老家没亲戚了，我们纯当旅游，吃吃海鲜。"

"我在想如果我母亲没有走，如果我们恰好知道狗头熊和金华的关系，如果我们也一起回来看看，说不定就是旅游，最多背只火腿回去！"霍嘉衣自言自语道。

"现在谁跑到金华背火腿啊？上海就有卖。"

"是哦，现在不流行过来背火腿啰？"

"早就不流行啰！"

黄东山不辱使命，护送小陈和小周到车站，她们似乎玩得很尽兴，回上海的列车上她们一直向对方展示单反相机上的照片，说说笑笑，累了就靠在椅背上小憩。

"你说是不是就像上山下乡的那一代人一样，因为遭遇了大的悲哀，所以才会跟原先陌生的土地建立起一份更深的联系？"霍嘉衣说，忽然成了哲学家，目光从窗外的景致收回，停留在何田田珠圆玉润的脸蛋上。

"也可以不必是悲哀，也可以是因为其他的关系……"何田田小声说了这句，羞涩地低下头。

曹安市场贴出拆迁的公告，终于在母亲离开家整整十二年零十个月后宣告关闭，临关闭的前几天，在这里买了十几二十年菜的老夫妻抓紧最后的时间囤货，对他们而言，"以后没有这么便宜的菜买啰！"对那些在这里卖了十几二十年菜的商贩而言，离开更为艰难，都说一段生活的结束就是另一段新生活的开始，可说说容易，人到底是有感情的动物。

最后那天简直挤瘫了，记者还拥来凑热闹，拍上几张历史性的照片登报纸。霍嘉衣和父亲原先打算站在父母当年约好的曹安市场门口再一次等待母亲，或许母亲会出来呢？手

里提着几袋子青菜啊葱啊蒜苗啊,刚请人杀好剔净鱼鳞的鲈鱼,或许还有霍嘉衣爱吃的鳝丝,出来一抬头瞅见父子俩,嘴里念叨着:

"哎哟,你们去哪里啦?我拎得手都快要断掉啰!"

人来人往,根本看不清,门口最为拥堵,看霍嘉衣和父亲呆站着不走,自行车和摩托车就蛮不讲理地推过他俩面前,他们时时被迫后退一些,再后退一些,直到膏药似的贴在墙壁上,老实的父子俩,也不会跟人发火,就看着急匆匆的人群,每个人的生活。

"我们回去吧,这么多人?"霍嘉衣问,父亲答应了,父子俩一前一后疾步走过漫长的大渡河路,绕过真如镇,才能到家。他们都没有骑车,父亲已经换了助动车,因为他没有力气蹬着自行车踏脚板攀上陡峭的桥梁,霍嘉衣工作后就几乎没再骑车,单位远,上下班靠地铁。

"爸,我们去办妈的死亡证吧……"霍嘉衣说,轻声地,泪有喷涌而出的冲动,忍住了。

"好,好。我问过了,先登一年的报纸,宣布死亡的信息,一年后就可以办了。然后我会帮你妈在上海周边买块墓地,建个衣冠冢,也顺便买好我的……"父亲说,话语很平静。

"爸,你也再找一个吧?伴伴老?"

"上哪儿找啊?你以为买菜啊,捡到篮子里就是?"

"上'精彩老朋友'啊!'大阿哥和大阿妹,向大家挥挥手'!"

"那你呢?我先帮你报名去参加'相约星期六','一号男嘉宾,请问你有没有选择'[1]?"

"我不用去了,爸。"

父亲沉默了,回头看他。

"我谈了个朋友,挺好的,是我的同事,金华人……"

"真的?你小子闷声不响嘛,快点带她回家吃饭呀!"

"好,我问问她周末有没有空。"

霍嘉衣仰头望着铅灰色的天,电线像层层叠叠的五线谱一样装点着天空。原来真的有很多东西都会消失,比如营多方便面、永昌超市、狗头熊、曹安市场、外婆家,还有妈妈……这些消失的人和物只得依靠活着的人的生命而存在,如果反过来这么想,霍嘉衣就觉得自己很有用。

---

[1] "精彩老朋友"和"相约星期六"是上海的两档老牌相亲节目,后面两句分别是这两档节目的主持人台词。

乍浦路往事

思琪坐轻轨回乍浦路的老宅,原本以为搬家后就跟那里一刀两断,六根清净,不想会碰到这种"霉头触到哈尔滨"的事情。他们一家历时十年给市政府写的信终于得到回复,政府愿意出一些补贴让楼下的房东以低于市价的租金顶下两楼和三楼,这样他们可以有钱出去租房子,不用一到午夜十二点就听到楼下卡拉OK的咚咚锵,每一块木地板都变身成为低沉的琴键,震得他们的脑袋也像共鸣箱,嗡嗡响,21世纪后卡拉OK不那么流行,那家就开起鸡公煲和烧烤店,灰黑的油烟从地板缝隙里蒸腾而出,熏得他们也像烤盘上的一道佳肴,老妈只得从柜子里翻出三只纱布口罩,分发给他们,如果实在受不了她老爸就拎起话筒拨幺幺零,可也不过是心理安慰而已,属地派出所民警已经来过几趟,这个肥头大耳肚皮挺出不知还追不追得动小偷的民警只会嬉皮笑脸地两边奉承,末了在出警记录本上写下"历史遗留问题",指指当时还在念初中的思琪,说一声,不早了,睡吧,孩子明天还要上学呢。

他们虽然对这个草草了事的民警心怀怨怼,但还维持着表面的礼节,只有住在三楼的姑父会直接对他骂娘,问他什么事都办不成,要你他妈的幺幺零干吗?民警也跟他说穿了,要么你们打起来，打伤了，我带你们去验伤，然后到派出所调解，该怎么解决就怎么解决。姑父听他这么说真的抡起拳头，但姑父儿时得过小儿麻痹，一条腿是瘸的，稍微用力过猛一些，掌握不好平衡，要摔跤，还得靠老爸一把扶住，劝一句，你省省吧。民警和老板便得以悻悻地离开。

楼下的老板不是房东，房东很省事，老早就搬到新盖的公寓房子了，这里的一楼门面房价高者得，所以管你是开卡拉OK还是鸡公煲。晚上这边是闹得不可开交，那边他关了手机照样睡得舒坦，因而思琪一度也以为他们把房子租出去也可以过上这种无忧无虑的日子（虽然这个时候的思琪已经度过了最需要安宁的学生时代）。

两个月前，他们要跟楼下的房东续租约，踏进楼下的餐厅，乖乖，不看不知道，一看吓一跳，这个开烧烤店的老板竟然自说自话地把思琪家二楼的地板挖了个四四方方的洞，装了楼梯，这样，门口也可以贴上"楼上有雅座"的告示，生意如火如荼。思琪跟她爸顿时傻眼，愣了两秒，终于想起应该掏出手机打么么零。还是这个派出所的李警官，数月不见，他似乎更丰润了，肚子已经"足月"，思琪的老爸向天花板上的洞使了个眼色，民警还摸不着头脑，你们有事没事报警，到底有啥事情？

结果自然又是不了了之，民警只说你们既然租房合同上写过"不允许更改房屋结构"，就去法院告他们，派出所这个层面解决不了这个问题。

思琪和他爸还特地到三楼原来的姑妈家去看过，幸而这里没有被扩作餐厅的三楼，横七竖八摆满了上下铺的床，专供给餐厅员工歇息。思琪注意到角落里堆着密密匝匝的面盆、脚桶和锅碗，昨晚下雨了，果然这边还是老样子，外边大雨，里边小雨。

那些年一到雨夜做的噩梦思琪还依稀记得，开心些的是大水淹掉了初中母校，河上浮着老师的脑袋，她和为数不多的朋友手拉手站在一块礁石上等着爸妈来营救；恐怖些的则是她鬼压床似的无法动弹，好像自己的脸被压平了，贴在一只花瓶上，花瓶就是她的身子，一个生锈的水龙头正对着瓶口，滴滴答答的水灌注在她的体内，她似要被这浑浊的水充满，淹溺，孤零零的，叫天不应，叫地不灵，末了她还是能醒过来，八成是因为她踢掉了原本用来盛水的汤锅，雨水滴在她的脚边。她住两楼就这么大反应，不知道窝在三楼三角顶的姑妈一家会怎么样？她很想问问表姐，但从没问过，表姐生下来只能听不能说。思琪曾狠心地想过,如果索性听也听不见那反倒省心了。

那天回家思琪就打电话给她的大学同学,问谁认识法学专业的学生,把家里房子被挖洞装楼梯的事情告诉他们,拜托他们帮忙问问。怎么解决暂时还不知道,但听到的同学无不啧啧称奇,说从来没听到过这样荒唐的事情。

她也懒得去说,你们没听到过的荒唐事多了去了。只是央求同学多帮她打听一下。

打听下来的结果其实和民警说的没什么区别,要么调解,要么打官司,但后者显然劳民伤财,不划算,其间他们回一次老房子打一次幺幺零,民警反而站在楼下老板那边劝他们不要多事,反正你们总是借给一楼餐厅老板的,有一个洞和没一个洞有什么区别?她到底阅历浅,差点被搪塞回去,还是父母精明,冲民警一句:"那我要卖掉怎么办?带一个洞卖给你,你要不要?"

民警便苦笑着不说话了。

正当他们开了无数次家庭会议预备拿起法律武器的时候,昨天居委会竟然打电话来告诉他们此地要动迁了,父母盼星星盼月亮一般终于盼来了动迁,固然喜出望外,然而这个洞怎么办？父母等不及，今天就要来问问清楚，他们先到居委会，让她下了班直接乘轻轨过来，万一要谈拆迁细节，三个人都在，索性谈清楚，要签字就签，签完拉倒，不用下次再大老远地跑一趟。

思琪知道父母心急之中另有一层原因。昨晚电话一挂，父亲就在问母亲："那张条子还在吗？"母亲心领神会地点点头，答应说，这么重要的东西怎么会乱丢。父亲还是不放心，在母亲翻找抽屉的时候反复嘀咕着"不要在搬家的时候丢掉喽"。直到母亲从五斗橱第二个抽屉衣服下压着的月饼盒子里抽出这张条子，父亲才闭上嘴巴，小心翼翼地摊开单子，墨水没有褪色，纸头也没有破洞，他满意地看了一下，又把纸头折好，让妈妈收在月饼盒子里塞回抽屉的一叠衣服底下。

思琪不说话，看着父母重新坐回到沙发上。父亲说，唉，阿娟命苦啊，如果等到现在拆迁也算翻身了。母亲说，这也难说，小孩没了，教她怎么活得下去？

阿娟就是原本住在思琪她家楼上的姑妈。思琪本以为这样问下去好歹会问到姑父，她就可以把上个礼拜在回家的轻轨上看见姑父的事情告诉他们。也没什么特别的，下班高峰的轻轨很挤，平时思琪也不管别人，只顾低头看自己的手机，那天偏有个不讲道理的男孩子硬是要挤过人群往另一截车厢去，车内充斥着不满的咕哝声，思琪的目光就追随那个男孩望到旁边那截车厢，正好瞥见被挤得杵在门口的姑父，也快七年没见了，但还是一眼就能认出来。小时候，姑父曾送给思琪一只白熊布偶，那只白熊简直是四不像，面孔宛若被擀面杖擀过一般，平的，而且长长方方，手短脚短，思琪一点儿都不喜欢，早就被打入冷宫，跟一群断胳膊断腿的玩偶一起被母亲整理进垃圾桶，后来思琪惊人地发现，姑父长得就活脱像那只白熊，国字脸，丝毫没有立体感，唯一不同的是皮肤更黄一些，七年过去了，姑父的脸还是那样，只是皱纹更密更深，头发也花白了。

　　姑父应该没有看见她，她犹豫着要不要打声招呼，可是到头来还是说服自己车厢太挤，硬挤过去人家要说闲话的，还是算了吧。

　　姑父是在虹口足球场下的车，在站台扶着栏杆站了一会儿喘口气，接着一瘸一拐走向下行的扶梯，他的右腿好像瘸得更厉害了，她时不时回头瞥一眼，直到完全看不见。

　　母亲还是捅破了这一层，"你说，他会不会回来要房子？"

"不会的,他又不晓得。"父亲说。

"现在拆迁要贴通知的,讲不定新闻里也会放,说不定他会知道。"

"就算他来,当年他写下的白纸黑字都在,就算告到法院去也没用。当年我们又没逼过他,是他自己写下来要放弃所有财产的。"

"对的,我们没人逼他,他自己要跟我们断六亲的。"

"连户口都迁掉了,户主也换掉了,怕什么?"

"是,我们有啥好怕的?我们明天就去居委会,可以早点签就签掉算数,省得烦。"

思琪于是不再提起她见过姑父的事。

"姐,你在找什么?"三角顶下面,思琪推着背过身去在抽屉里翻找东西的表姐。

"姐,你别找了,你倒是听我说说话呀。"思琪拉着表姐的白色校服衬衫,可是表姐就是不回头。

"我心里苦死了,你说,他妈妈好好的怎么会割腕?是不是因为我,所以他妈妈才割腕?

"姐,你找什么?我帮你找,你听我说说话呀。

"姐,你别找了,我心里苦死了。他完全变了一个人,装作从来不认识我一样,你说,怎么可以这样?

"姐,你倒是说话呀,你说话呀!"

她使出了蛮力一把拽过姐姐的身子,穿着姐姐的衣服的竟然是被她扔掉的那只白熊布偶,扁塌塌的,姐姐的身子整个都扁塌塌的……

她蓦地醒过来,惊出一身冷汗,梦里的她竟然忘记姐姐不会说话。后来的长夜她怎么也睡不好,好像回到了中学时代那一个个破碎的夜晚,孤独,无助,要等到凌晨四点保洁工的芦花扫帚扫过地面发出有节奏的唰唰声,她才知道天快亮了,可以安稳地眯一会儿了,从凌晨四点伴着保洁工的扫帚声入睡到六点的闹铃声响,这两个小时,是中学时代的她唯一能安睡的时刻。

这天晚上她醒来,打开手机,才两点过十分,睡不着。她断断续续地想起从前,想到刚进高中时,班主任觉得她是个很古怪的学生,因为她经常在"每周一记"的本子里写些过于忧愁的文字,班主任找她去办公室斥责过,说你这个年纪是人生最好的时光,懂什么忧愁?都是"为赋新词强说愁",不要这么写了,要写些光明乐观的东西。

"什么是光明乐观的东西?"她不懂,问班主任,班主任面孔一板,就不睬她了。

她真的不知道,是回了家老爸老妈又打幺幺零和楼下的老板伙计一顿好吵,还是一听见雨声就分工把家里的锅碗瓢盆全拿出来摆在该摆的位置?原本她真的有过能暂时遗忘这些忧愁的日子,她一回到家就到楼上表姐的床榻边,告诉表姐学校里的那个人,那个人读书又好,打篮球又好。关键是他们那所在菜场后门的初中实在太糟糕,上课四十分钟,老师要用二十分钟让后排的男生不要站在桌子上吵架,再让前排的女生把桌台板里的言情小说收起来,剩下的二十分钟课还被老师讲得狗屁不通。只有他和她一起坐在教室里专心做作业,不用管旁边的男同学吼着要同学们一起拥到窗前,看他把一只垃圾桶倒过来从上面扔下去,正好扣在美术老师头上,大家便嘻嘻嘻地笑起来,天不怕地不怕,美术老师找上来,那个男生两手一摊,说自己没做过,还装腔作势地问:"你们有谁看到是我干的吗?"

刚止住笑的同学们即刻哑然,美术老师只好打搅正在角落埋头做作业的他和她,问他俩有没有看到?那个男生使出浑身解数向他们做鬼脸,使眼色,他们果然也是说没有,正埋头做作业呢，什么也没有看到。

凭借这样，他和她与这个乌七八糟的环境保持着距离。

他们约好考同一所重点高中的，她也知道他的家和自己半斤八两，都有难以向外人道的苦恼，于是便形成了默契，不向对方抱怨家里的环境一句，只是看向未来的光明，在纸条上摘录一些励志的诗句传给对方。

思琪甚至告诉她的表姐，她觉得自己爱上他了。表姐是唯一知晓思琪秘密的人，她把稍显冰冷的手按在思琪的手上，微笑着。

然而，这不会是老师想要的"光明乐观"吧？

思琪只好苦笑，含含糊糊地睡过去了。第二天起来只有她一个人顶着两个黑眼圈，父母都早早起来神采奕奕的，临出门前，母亲叮咛她说：

"下班记得过来，别忘了。"

此刻在轻轨上，思琪还是习惯性地在车厢里搜索姑父的身影，说实话，表姐和姑父长得不太像，她很漂亮，可惜她先天不足，自小是药罐头，除了姑妈和姑父，家里的亲戚并不很疼惜她。思琪只有放学回家后的半个小时会上楼，跟她表姐说一些悄悄话，听到楼下熟悉的自行车铃声，她就赶忙下来，回自己的房间，因为父母会数落她的，"表姐身体不好，你不要有事没事老是去烦人家。"但她虽然年纪尚小，也晓得个中的原因不止这么单纯，他们没有明说，只是在思琪想添置文具或书本的时候她的父母总是用防贼似的眼光盯着她，问她："你老早那只铅笔盒不是很好的吗？干吗又要买新的？"

"我的铅笔盒都锈掉了，打都打不开！"思琪抱怨说。

"拿过来我看！"父亲说。于是思琪只能去把血肉模糊的铅笔盒拿过来递给父亲，父亲稍微使了点劲道，铅笔盒不争气地开了。

"你看，不是能打开？"父亲说。思琪想说是因为她爸的力气大，她的力气小，可是没有说。

还有一次她回来求父母给她买一台文曲星，她妈妈一听就跳起来："这东西我知道的呀，打游戏的！"

她解释说文曲星只是查英语单词的，但她妈妈无论如何也听不进，说，你要查单词，把家里的英汉词典每天背着就好了。

思琪原本一心以为父母小气，慢慢才把这些零碎的记忆拼凑出一条线来，临到月末的时候母亲会小声向父亲嘀咕："这个月倒蛮太平的哦？"

"希望是，不然又要烦了。"

第二天姑父姑妈又叫了残疾车把表姐送医院去了，父母换外套准备赶过去，让思琪和爷爷奶奶别去，待在家里。她看见母亲扯了扯父亲的袖口，她的听力好，依稀能听清母亲和父亲咬耳朵的意思："你要跟你妹说我们也很困难的，我们是知青，吃了那么多苦，容易吗？实在借不出钞票给她们了。"

父亲只顾点头。

思琪不知道现在的自己想碰见姑父还是不想，心里堵得慌，可她隐隐觉得很多事情是因为自己，就像她读书时那样，她会在独自一人的时候猛拍自己的脑袋，对自己说，每件事情的发生都有理由，而这个理由就是她自己。

"你就是张思琪啊？我是叶青的妈妈。我跟你讲哦，叶青这个小孩一塌糊涂，跟他爸爸一个德行，不求上进，好吃懒做，一点用处也没有，你不要跟他待在一起了。"第一次接到这种电话，她以为是自己和他的关系触到了家长过于敏感的神经，所以他的母亲即便说自己儿子的坏话也要迫使他们分开。

她有意和他疏远，直到他来找她，告诉她根本不用去管他妈，他妈脑筋有点儿不正常，经常在家里说他和他爸的坏话。她半信半疑，又接了几次这样的电话，然后在礼拜六去学校附近的街道做志愿者劳动时，他的妈妈大老远就冲过来，上身是夹克衫，下身是家里穿的睡裤，头发也披散着，像只狮子狗，不容分说地抓走她的儿子，边走边骂，还是那几句"不求上进，好吃懒做，两面三刀"之类，小区里的阿姨妈妈，坐在大楼门口晒太阳剥毛豆的老头老太，一齐望向她，仿佛一切全是她造的孽。她猜度那些人在喃喃些什么，是她这个小妖精勾引"良家妇男"，真的不要脸，害人家妈妈找上门……

那天是星期六，父母在家，她没法上楼对表姐说这些。

之后他的妈妈似乎就特别闲，好像是原来的仪表厂倒掉了，一放学就把儿子领回去，有时候上体育课的时候还能冷不防地瞅见她母亲鬼似的徘徊在操场的栏杆外，两团鬼火般的眼睛盯着她儿子，也盯着思琪。

初三上半学期期末的一天，她清清楚楚地记得那是第二节物理课，教室门"嘭"地一下被撞开，他突然冲进教室，眼睛血血红，头发如鸟巢，班主任和物理老师咬了两下耳朵，便让他坐下了。她记得自己立即在纸条上抄了一首汪国真的《热爱生命》给他，他打开看了，却立即揉成团扔进了台板。后面一节恰好是化学实验课，她一下课就拦住了正走去实验室的他，问他到底发生什么事了。他的表情很奇怪，似笑非笑地问她是不是真想知道，思琪就说自己想知道，"你真的想知道，那我就告诉你。"他用那种不动声色的口吻说："我妈自杀了。趁我跟我爸睡觉的时候，一早起来坐在水槽旁割腕的，我们起来再救，已经来不及了。"说完他就撂下她，快步下楼跑去底楼的实验室了。

"姐，我心里苦死了，她妈妈为什么要割腕，是不是因为我？

"姐，你都不知道他现在哟，见了我像仇人似的，睬也不睬我……

"姐，你听见我说的吗？我心里苦死了……"

只有在表姐面前她能够暂时释放自己，流下眼泪，她一哭，表姐也陪着她哭，哭得肩膀猛烈地颤动，她们就相对无言地哭上半个小时，听见楼下自行车的车铃响，她就擦干自己的眼泪，赶紧下楼。

就是在思琪询问表姐叶青的母亲为何要自杀的那天晚

上，表姐开始发高烧，三十八度，一连两天没有退，第三天，姑父开着残疾车把表姐送去医院，从此再也没有出来过。思琪去医院看表姐，她眼看着表姐临死前越来越像姑父，凹凸的五官逐渐夷为平地，所有亲人都安慰她说表姐会好起来的，但她分明感到那是一句谎话。当表姐的脸渐渐变成一张白纸的时候，她就真的咽气了。

昨天才放出拆迁的消息，今天过了傍晚五点，居委会竟然就挤满了人，都是闻风而动前来询问拆迁的事宜的，居委会大妈身边围了一群听得入神的爷叔阿姨，她口口声声叫居民放心，说拆迁的通知明天就要贴出来，政府跟居民想得完全一样，早拆早好，全都不想夜长梦多，所以具体看明天的通知。见大家点头了，就拎好包准备下班。

思琪跑了这么一路，竟然得到一句看明天通知的回应，免不了生气，她的父母倒看起来和乐融融，父亲在小声向母亲嘀咕："就是，政府也希望快点解决，不要碰到钉子户，我们也想快点解决，这样大家都好！"

"这样看来，事情应该处理得挺快的。"母亲也笑着说。

"那家里那个洞怎么办？"思琪想，父母不要一高兴，连这件事情也忘掉了,弄到最后喇叭腔,没想到父母神情若定,说,我们今天已经跟小李聊过了,简单得很,他叫楼下的老板搞点木板什么的把洞补掉,刷好漆,楼梯撤掉,看不出来的,拆拆掉拉倒!

"小李是谁?"思琪不明所以地问。

"哦,小李啊,你也认识的,就是派出所的李警官呀。"母亲说道。

骂了人家多少年昏庸无能,只长膘不长脑,还不如"买块豆腐撞撞死",今天竟然亲热地喊人家作"小李",思琪万万没有想到。

现在有了新的拆迁政策,签约率达百分之八十五就全部动迁,不须管钉子户,加快了事情的进程。父母嘴上说不想多跑,但退了休没事干,天天往乍浦路跑,还跟楼下的房东成了好朋友,天天约好一起去动迁组看签约率,房东还客气地请父母在楼下的餐厅里每天吃碗盖浇面,父母说那怎么好意思,房东却说是这么多年,给楼上添了这么多麻烦,自己心里过意不去。总之是冰释前嫌,一团和气。

"老赵也想快点动迁,他是门面房,有营业执照的,所以动迁的时候还有相应的补贴。"母亲每晚都兴奋地向思琪汇报,思琪这才知道楼下这不负责任的房东姓赵。

"楼下餐厅的合同正好还有一个半月到期,差也差不多,这两天生意不要太好哦。大家都来看签约率,每天中午都要外面加椅子吃盖浇饭和面条。人家老板这次说话爽气,说好做到最后一天,一定帮我们把楼梯撤掉,那个洞补掉,不会赖我们的,房东连建材都买好了,堆在三楼,还叫我们上去看。嘻嘻,其实不看也可以的,这种小事情,难不成会赖掉我们?"

"他们赖掉我们的事情多了去了!"思琪没好气地回一句嘴。

"唉,现在不一样了,动迁呀,谁家不想早点拿房子拿补贴?而且小李已经甩出话来了,万一动迁的时候这个洞还没补上,也全是楼下的责任,老赵一听,像灰孙子一样,拍胸脯讲一定补掉!"

父母还在没完没了地聊着动迁趣闻,思琪却一点也兴奋不起来,她捧着替换的衣服,走进浴室,"嘭"一下关上浴室的门。

"姐,我今天碰到他了,他在永乐里面卖手机。人完全变掉了,木掉了,以前不是这样的呀。

"姐,你不要找东西了呀,听我说话呀,你转过来呀!

"姐,你是不是找那张单子?我知道在哪里,我拿给你哦……喏,他们藏在五斗橱第二个抽屉衣服下面的月饼盒子里,喏,就是这个月饼盒,我打开给你看哦……"

一打开月饼盒,扁平的白熊布偶的头忽地弹了出来,思琪又被吓醒了,浑身冷汗。她想了一下,觉得梦里的逻辑非常混乱,她初中毕业后再碰到叶青已经是高一下半学期,而叶青在永乐里卖手机的时候她已经念大学了,绝无可能跟姐姐提起再碰到他的事情:高一碰到是在人民广场附近的一座天桥上,擦肩而过时两个人恰好抬眼看见对方。叶青真的完全不像原来的样子,校服衬衫很皱,下摆盖在破洞牛仔裤的外面,人歪歪扭扭像站不直一样,接近于地痞流氓了。

"你现在怎么样?"思琪问他。

她无论如何也忘不了他当时冷冷的表情,一边的眉毛挑了一下,最低限度地牵动嘴角说:"能怎么样?我们这种读不好书的人就成天瞎混,早点出去打工挣辛苦钱,不像你这种读书好的,将来能读大学挣大钱。"

"你怎么这么说话？你读书也很好啊……"

"读书好？读书好会进普高？我们身份不同，你是市重点，我是普高，我看我们还是不要搭讪会比较好。"

她心里憋屈着，难受着，来到医院这个更幽暗的地方，刚从电梯里出来，便听见她母亲在医院走廊上对父亲轻声嘀咕："劝劝你妹妹，这小孩先天不足，后天再补也没用。医生的意思也很清楚了，再救也活不过二十岁，一趟趟看等于钞票扔在水里，已经大半年了，这样拖下去没名堂的。"她没有看到父亲点头或是摇头，只是一路听着，表情很凝重。

走进病房，思琪实在忍不住，哭了出来，起初只流泪不出声，紧接着连她自己也控制不了，泪水来势汹汹，她终于大哭出声，被姑父怒斥道：

"人还没死，哭什么？要哭？要哭到外面哭去！"

她赶紧吞回眼泪，但止不住哽咽，她爸却和姑父吵起来："小孩子也是担心，你用得着这么训孩子吗？我们没有人想这样的呀！"

"难道我想啊？这是我女儿，我女儿的事情我自己管，你们统统给我出去！"

姑父那天就这么发了一通无名火，一瘸一拐地把他们全部赶出去，只留姑妈在里面，隔着房门还能听见里面姑妈和姑父的争执：

"不要这样对思琪啊，思琪跟囡囡感情深啊。他们都是关心我们呀……"

"关心？分明是过来看看人有没有死，他们巴不得囡囡死掉，好不要再问他们借医药费……"

"你怎么这么想别人，都是家里人！"

"我……我说得不对吗？"

……

那一刻，思琪觉得自己才是罪魁祸首，叶青母亲会割腕自杀，姐姐会生这场重病，还有姑父会大发雷霆，全是她的错。

而后不到一周，表姐就转进了重症监护室，连夜下了病危通知书——思琪的罪孽更深了，表姐死了。

正如思琪没有提过叶青和姑父的事情一样，她也没有提自己一连几天做的噩梦，父母一早又收拾好东西，跟她一起出门，她去上班，他们回乍浦路看签约率。

不到两周，签约率竟然已经达到百分之八十五，倒不是父母回来告诉她的,而是她回家看电视新闻的时候看到的,镜头前一个个兴奋得话也说不利索的中年人的面庞,结结巴巴地说着,感谢政府感谢党,解决了他们多年的住房困难,这些人一个个的,和她的父母一样,好像一个模子刻出来的。下班回来的路上就接到妈妈的电话,"你回去随便叫点外卖,或者随便在外面吃点再回去,我们晚点回来。"还没等她问什么,电话那头就"啪"的一声挂了,又留她孤零零地在这一头。

现在她知道为什么了,新闻里兴奋的面庞背后,是原本住在此地的老邻居在放鞭炮,在三三两两聚拢着拉扯些前尘往事,每个人都这么开心,她反倒心里有些不舒服——她又想起了姑父。

最后一次去医院看姑妈,思琪还心有余悸,四楼的病房,她看到躺在病榻上的姑妈浑身插满了管子,简直不像个人,像个祭祀用的烧猪。父母要她走近姑妈身边喊喊她,说表姐不在了,姑妈平时最疼思琪了,思琪喊一喊,说不定姑妈能够被喊回来。思琪就听话地往前站,喊着:姑妈——姑妈——你醒醒啊——

姑妈真的醒了一下,睁开蒙着一层翳的眼睛,那双眼睛里没有思琪，姑妈喃喃地喊着表姐，思琪凑近着听，只有她听见了，她听见姑妈嘴里含糊地说着的是"囡囡，妈对不起你，妈没有用，没能救你……"

思琪的父母眼见她的姑妈有了知觉，异常高兴，赶紧按铃叫护士，让护士叫医生过来。

唯独思琪没有一丝兴奋，她直觉姑妈回不来了，因为那张脸——那张脸也开始像姑父，像那只白熊布偶，纸似的，白而且平。思琪脑中甚至起了一个可怕的念头，连她自己也被吓了一跳，她想把姑妈身上的管子全拔掉，死就死了，干吗死前要这么痛苦，这么难堪？

"哎哟，小王哪里去了？老婆生这么重的病，他又哪里去了？"

他们寻的是她的姑父。很快母亲就用酸涩的话语回答说，他呀，他骑那辆残疾车去拉生意了呀？医院附近生意不要太好哟！

"这种时间，这种时间还要去赚什么钱？"那时候爷爷还健在，火气大，"哐"地拍了一下床栏杆。

"哎哟，你们不要吵了，阿娟还在这里，你们吵什么？"奶奶低声说道。

思琪凑得最近，她瞅见姑妈的眼皮在动。她或许也听到了。

"你说什么，现在不落葬是什么意思？"爷爷大声地叱问姑父，思琪觉得家里的三角顶都被他吼得一震。

"晚两年。医院的殡仪馆可以保存两年的尸体，晚两年就落葬。"姑父平静地答道。

"你说说清楚，晚两年是什么意思？你不要忘记你什么身份，你是我们张家的上门女婿，你当年房子也没有，我们还给你地方住！现在人还没凉透，你就翻脸不认人？"

姑父一声不吭，爷爷的气就更不打一处来。

"你给我现在就说清楚。要么你现在就去办落葬的事情，要么你现在就给我滚出张家，今后我们一刀两断，当我们张家没你这样的女婿。"

"爸，不要生气，有话好好说。你倒是说话呀，为什么不落葬，要等两年？"父亲也上前插话说。

然而姑父就是不吭声，他开始收拾东西，把自己的衣服收在一个皮面都磨光了的呢绒包里，爷爷在那边喊着："你是入赘的，家里的东西没一样是你的！"

姑父索性把呢绒包一扔,说自己不稀罕一分一厘张家的钱。

"不要现在说不稀罕,以后日子过不下去了又回来问我们要!"思琪的妈妈嚷嚷道,顺手递上一张印有"上海打火机厂"的便笺纸来。

就是这样,姑父在这张便笺纸上写下他放弃所有财产的声明。写完把这张单子交给爷爷,两手空空地走了。

"走了以后就别再回来!"爷爷的气还没消,仍旧大声地喊着。

"就是讨饭也不会讨到你们家门口来!"这就是姑父留下的最后一句话。一个月后的冬至,思琪随父母和爷爷奶奶去青浦为姑妈落葬,姑妈的墓和表姐的墓买在同一个墓园,都是孤零零的,单独一座坟。

迟归的父母进门了,思琪迎到门口告诉他们说新闻里放过了,签约率到了。母亲脸上的激动竟一下子幻灭了,很像吹灭的烛火,"新闻里放过啦?"她边说边看父亲。

父亲与她心照不宣,一扫脸上的兴奋。但还是坚持说,"没关系的,我们一家三口都已经签好字了,板上钉钉的事情,就算他寻了来,也没有用的!"

"就是,已经签掉了,不怕他来!大不了闹到法院,法官也会支持我们的。"

每每听到这些,思琪的心里说不出是什么滋味,她想转换一下话题,随口问父母可以分多少房子。

"哦,我们打听过了,我们是楼下楼上两套。最起码分两套三室一厅,位置大概一套近点,在浦江镇,另一套远点,在浦东川沙。"

"浦江镇倒蛮好的,我们自己住,省得借房子了。就是川沙那套,实在太偏僻了,估计借也借不出去,而且安置房也要等上三年才能上市,只好先空关了再说。"父亲补充道。

思琪憋了几天,早就想说,她现在不知哪里来的勇气,竟然敢问他们:"我们等川沙的房子卖掉,要不分一部分的钱给姑父?让他买套一室户住住?"

"姑父"这个在家里销迹多年的称呼一经提起,好像触犯了某种禁忌似的,父母一下子都拉长了脸,不说话了。

他们不说,思琪便不再提,仍旧睡她的觉去。

这一晚少有的一觉到天亮,她醒来的时候,已经听见父母窸窸窣窣的响声。

"后来我就想,那时候他死活不肯落葬,大概是钞票实在摸不出。"是母亲的声音。

"那他可以讲嘛,干吗不讲,讲出来大家帮帮忙嘛。"父亲说。

"你忘记了?那时候大家不都困难嘛,生活都没有着落,否则阿娟也不会签字要放弃女儿的抢救了。而且你又不是不知道你妹夫这个人,人是老实的,脾气耿不过,又要面子。那时候没生活做才去开残疾车,多少一点儿也不残疾的人也在抢这碗饭吃,搞得警察要抓,我们让他学人家一样放一把残疾人的拐杖在车上,这样警察看到了也就放行。他哪里讲得听?说自己有残疾证,是真的残疾人,不用多此一举。后来啊,我看就他的车被警察拦下来最多,每次都要叫他下车翻来覆去走好几次给警察看看到底是不是真的残疾……"

思琪听着听着,眼里充盈着泪水,她想如果能再见姑父,一定要喊他,什么都不说,就单单喊一声"姑父"也好。

无论思琪怎么用心地搜寻轻轨上的面庞,都没有再碰见姑父,而父母已经激动得去浦江镇和川沙看过新房子了。

又到了思琪最讨厌的雨天,虽然现在的住家已不再漏雨，但雨天留给她青春岁月的霉味和阴霾注定永远残留在她的心底深处。她握着雨伞，小心地避开旁人的雨具，挤在这截轻轨车厢里。下车的时候，她就赶紧拨开堵门的人下去。

"思琪，是张思琪吧？"熟悉的声音喊她，害她心里一慌，竟然是那张念叨许久的扁平的脸庞。

"姑父！"思琪喊着。

"哎哟，你还认得我哟。我都不敢认啰，人已经这么大了，现在工作了吧？"

他们边走边交换着那些基本的信息，思琪在一家外企上班，做财务，挺好的，父母也都很好，已经退休。姑父说他明年三月也要退休了，很快苦日子就熬过去了，他还在做残疾车载客的事情，退休了也准备继续做，劳碌命，闲着难受，不如找点事情做。

基本的信息经不起几句寒暄，也到了出站找出口的地方，姑父说他正好是约了以前厂里的同事，要去三号口，思琪则要从一号口出去。正要说"再见"的时候，思琪提高了分贝喊住了姑父，犹豫了半晌儿，还是说道："姑父，乍浦路的房子要动迁了，我想我应该把这件事情告诉你。"

姑父的脸倏地阴沉下去，思琪正想寻一些话茬帮父母担待，他们也想找你的呀，但是找不到，真的，这么多年，我们都很想念你的。

然而姑父只是呼出一口长气，不晓得是喟叹还是松了口气，"思琪啊，你放心哦，姑父不会来跟你们抢这栋房子的。"

还没等思琪摆手说不是这个意思，说我们从来没担心你来争房产，姑父就接着说道："现在政策好了，姑父等到退休了，也有退休工资，不生毛病，养养老还是可以的。以前的事情都过去了，现在连乍浦路的房子也要拆了，总算不开心的都过去了。"

思琪忽然想起高中班主任嘴里的"光明乐观"来，她不知道姑父这样子算不算"光明"和"乐观"，最后她也不知道自己含混地说了些什么作为告别语，很可能什么也没说，就看着姑父一瘸一拐地迈向三号口。

回到家，她也没有跟父母说这件会使他们彻底如释重负的事情，她也说不清自己为何不说，可能是父母已经在计划装修，高声嚷来嚷去让她心里有点烦的缘故。这一晚她很早便洗完澡睡了，她以为自己会梦见表姐，以为她又会像从前那样把一切不想告诉父母的事情都告诉她这位天使一般的表姐，可是竟然也没有做梦，也可能是做了许多梦但醒来后全忘了，反正起床后一切照常，吃完早点去上班。

那天的地铁很少见地在这个上班高峰的点挤上一位耄耋老人，脏兮兮的，穿着乞丐的衣服，右手还拖着个装易拉罐和塑料瓶的蛇皮袋，原本坐着的一位男学生赶紧站起来给他让座，可是这位老人并不领情，要男学生自己坐，男学生感到尴尬了，既然站起来，再坐下去是绝没有道理的，仍旧喊老爷爷来坐。老爷爷不肯，向地上吐了口唾沫，说自己虽然已经九十岁了，但还可以靠自己这一双手活着，他说他这一辈子从没靠过其他人，也不需要靠其他人……

他说话的声音特别响，害大家都看着他，像看神经病一样看他，而这个位子也就这么尴尬地空了两站路，直到老人下车，男学生才乖乖坐下。思琪看着那个老人吃力地把蛇皮袋拖出去，一双鹰爪似的手撑着站台站了许久，车门重又关上，才见他拖着蛇皮袋一步一瘸地走向下行的电梯。

思琪肯定是恍惚了，她觉得那个老人的脸很像她那只白熊布偶，也很像她的姑父。